Brentano · Gedichte

Clemens Brentano

Gedichte

Herausgegeben von
Hartwig Schultz

Philipp Reclam jun.
Stuttgart

Umschlagabbildung:
Clemens Brentano, die *Mehreren Wehmüller*
vorlesend. Bleistiftzeichnung von
Edward von Steinle, 1841.

Universal-Bibliothek Nr. 8669

Gesamtherstellung: Reclam, Ditzingen. Printed in Germany 1995

ISBN 3-15-008669-8

Gedichte

Stolz sei wer Mensch sich fühlet! sein Wesen ist
Gehoben aus dem ewigen Feuerborn,
Ein edler Funke; seine Seele
Ausguß der Gottheit und unvertilgbar.

Du bist ein Mensch; drum hebe zum Himmel stolz
Dein Haupt, und blick umher, und verachte den,
Der seines Menschenadels unwert,
Schmählichem Joche den Nacken reichet!

Faselei

Aus den heidnischen Studentenjahren in Jena

Vieles gaben die Götter mir,
Und ich bete die sieben
Bitten ohne Entbehren,
Aber eines blieb mir versagt,
Eines nur zähmt mir
Mächtig den Übermut,
Bannt mich zur Erde
Nieder, den armen
Sterblichen Sohn.

Wenn ich die hellen,
Emsigen Tage,
Suchend durchirrte
Wenn ich die dunklen
Einsamen Nächte
Sinnend durchwachte,
Bleibe ich suchend,
Bleibe ich sinnend,

Nimmer ach finde ich
Nimmer ersinne ich
Wie ich erlangen mag
Die achte Bitte.

Bilden wohl kann ich manches,
Lieder dichten und singen,
Gerne auch leiht mir
Und meinem Werke
Die empfänglichen Sinne
Mein Liebchen.

Aber Ruhe, Ruhe
Wo wohnt sie
Ach Ruhe, die nimmer
Sich mir gesellet,
Ewiges Wühlen
Niederdringen mit Schwerkraft
Zur tiefen göttlichen Mitte,
Die alles festhält
An des Herzens
Pochender Werkstatt,
Ewiges Ringen,
Aufstreben mit Lichtes Leichte
Zur hohen göttlichen Oberfläche,
Die alles anschaut
Mit des Auges
Widerstrahlendem Spiegel.
Nach euch beiden unzertrennliche
Tiefe und Höhe
Nach dir Natur
Ringt zur Vollendung
Das arme Erdenkind.

Sechs sind Tage
Die Gott gebildet hat,
An seinem Wohnhaus,
Der verewigenden, ewigen
Wunderbaren Natur
Und an dem siebenten
Tage da ruhte er
Sieben sind Bitten
Die ich geflehet habe
In sieben Tagen,
An seines Hauses
Herrlicher Schwelle
Und alle sieben
Sind mir gewähret.
Aber die achte
Kann er nicht hören
Denn er ruhet

Herr so zürne nicht,
Daß ich Dir gleichen will
Daß ich mir bilden will
Wie du ein Wohnhaus
Der verewigenden, ewigen
Wunderbaren Kunst,
Und an dem achten
Tage dann ruhen.

Simphonie

Ruhe! – die Gräber erbeben;
Ruhe! – und heftig hervor
Stürzt aus der Ruhe das Leben,
Strömt aus sich selbsten empor
Die Menge, vereinzelt im Chor.

Schaffend eröffnet der Meister
Gräber – Geborener Tanz
Schweben die tönenden Geister;
Schimmert im eigenen Glanz
Der Töne bunt wechselnder Kranz.

Alle in einem verschlungen,
Jeder im eigenen Klang,
Mächtig durchs Ganze geschwungen,
Eilet der Geister Gesang
Gestaltet die Bühne entlang.

Heilige brausende Wogen,
Ernst und wollüstige Glut
Strömet in schimmernden Bogen,
Sprühet in klingender Wut
Des Geistertanz silberne Flut.

Alle in einem erstanden,
Sind sie sich selbst nicht bewußt
Daß sie sich einzeln verbanden;
Fühlt in der eigenen Brust
Ein jeder vom Ganzen die Lust.

Aber im inneren Leben
Fesselt der Meister das Sein;
Läßt sie dann ringen und streben;
Handelnd durcheilet die Reihn
Das Ganze im einzelnen Schein.

Phantasie

(Für Flöte, Klarinette, Waldhorn und Fagott)

FLÖTE

Stille Blumen,
In der Liebe Heiligtumen
Nicht entsprossen,
Welken nieder.
Süße Lieder,
Ohne Echo hingeflossen,
Kehren nimmer wieder.

KLARINETTE

Doch zeiget der Spiegel im Quelle,
So freundlich und helle,
Das eigne Gebild;
Wie's flüchtig in rastloser Schnelle
Sich eilend geselle,
Und Welle an Welle
Dem Leben entquillt.

FAGOTT

Wohnen nicht klar in mir
Des Geistes Gestalten;
Leben, so will ich Dir
Den Busen entfalten;
Wer den eignen Ton nicht hört,
Lausche, bis er wiederkehrt –
Widerschein
Blickt ins dunkle Herz herein.

WALDHORN

Des Vorhangs leises Beben
Erschreckt mich nicht,
Und kann ich nicht erstreben
Das eigne Licht:
So wandl' ich schön und stille
Ein Kind dahin:
Mich grüßt durch fromme Hülle
Ein heilger Sinn.

ALLE

Es eilet jed' Leben die eigene Bahn;
Es schauet der Spiegel den Menschen nicht an;
Es küsset die Welle die Welle so gerne,
Und reißet vom Ganzen nicht Einer sich los;
Doch blüht einem jeden das Ganze im Schoß,
Und tief durch den Schleier, da weht es von ferne.

FLÖTE

Helle Sterne
Blinken aus der weiten Ferne
Fremdes Licht –
Und die Tränen,
Die sich nach dem Freunde sehnen,
Siehst Du nicht.

WALDHORN

Es wandelt voll Liebe im Leben
Die Sonn und das Mondlicht herauf;
Doch, wenn wir das eigne nicht geben,
Schließt nimmer der Schatz sich uns auf.

FAGOTT

Was wir suchen, ach, das wohnet,
Unerkannt
Uns im Herzen, unbelohnet;
Und die Hand
Haschet stets nach äußerm Schimmer.
Was wir nicht umfassen,
Das müssen wir lassen;
Denn wir fassen's sicher nimmer.

KLARINETTE

Die ganze Welt
Umwölbet ein Zelt,
Über jeglicher Pforte
Stehn goldne Worte.
Das Aug der Sonne glühet
Zur Blume, die aufsteht,
Den heißen Gruß;
Auf Mondeslippen blühet
Der Blume, die heimgeht,
Der stille Kuß.
Und wer mit beiden
Nicht kindlich spricht,
Dem leuchtet kein Licht,
Der findet den Ein- und den Ausgang nicht,
Der kann nicht kommen, nicht scheiden.

ALLE

Und wer sich mit Liebe nicht selber umarmt,
Für den ist das Leben zum Bettler verarmt.
In eigenem Busen muß alles erklingen,
Und daß der Sinn leicht finden es kann,
Hat's viele buntfarbige Kleider an,
Und Hülle und Geist sich zum Leben
verschlingen.

So weit als die Welt,
So mächtig der Sinn,
So viel Fremde er umfangen hält,
So viel Heimat ist ihm Gewinn.

Die Seufzer des Abendwinds wehen
So jammernd und bittend im Turm;
Wohl hör ich um Rettung dich flehen,
Du ringst mit den Wogen, versinkest im Sturm.

Ich seh dich am Ufer; es wallet
Ein traurendes Irrlicht einher.
Mein liebendes Rufen erschallet,
Du hörest, du liebest, du stürzest ins Meer.

Ich lieb und ich stürze verwegen
Dir nach in die Wogen hinab,
Ich komme dir sterbend entgegen,
Ich ringe, du sinkest, ich teile dein Grab.

Doch stürzt man den Stürmen des Lebens
Von neuem mich Armen nun zu.
Ich sinke; ich ringe vergebens,
Ach nur in dem Abgrund des Todes ist Ruh.

Da schwinden die ewigen Fernen,
Da endet kein Leben mit dir.
Ich kenn deinen Blick in den Sternen,
Ach sieh nicht so traurig, hab Mitleid mit mir!

Wenn der Sturm das Meer umschlinget,
Schwarze Locken ihn umhüllen,
Beut sich kämpfend seinem Willen
Die allmächtge Braut und ringet,

Küsset ihn mit wilden Wellen,
Blitze blicken seine Augen,
Donner seine Seufzer hauchen,
Und das Schifflein muß zerschellen.

Wenn die Liebe aus den Sternen
Niederblicket auf die Erde,
Und dein Liebstes Lieb begehrte,
Muß dein Liebstes sich entfernen.

Denn der Tod kömmt still gegangen,
Küsset sie mit Geisterküssen,
Ihre Augen dir sich schließen,
Sind im Himmel aufgegangen.

Rufe, daß die Felsen beben,
Weine tausend bittre Zähren,
Ach, sie wird dich nie erhören,
Nimmermehr dir Antwort geben.

Frühling darf nur leise hauchen,
Stille Tränen niedertauen,
Komme, willst dein Lieb' du schauen,
Blumen öffnen dir die Augen.

In des Baumes dichten Rinden,
In der Blumen Kelch versunken,
Schlummern helle Lebensfunken,
Werden bald den Wald entzünden.

In uns selbst sind wir verloren,
Bange Fesseln uns beengen,
Schloß und Riegel muß zersprengen,
Nur im Tode wird geboren.

In der Nächte Finsternissen
Muß der junge Tag ertrinken,
Abend muß herniedersinken,
Soll der Morgen dich begrüßen.

Wer rufet in die stumme Nacht?
Wer kann mit Geistern sprechen?
Wer steiget in den dunkeln Schacht,
Des Lichtes Blum' zu brechen?
Kein Licht scheint aus der tiefen Gruft,
Kein Ton aus stillen Nächten ruft.

An Ufers Ferne wallt ein Licht,
Du möchtest jenseits landen;
Doch fasse Mut, verzage nicht,
Du mußt erst diesseits stranden.
Schau still hinab, in Todes Schoß
Blüht jedes Ziel, fällt dir dein Los.

So breche dann, du tote Wand,
Hinab mit allen Binden;
Ein Zweig erblühe meiner Hand,
Den Frieden zu verkünden.
Ich will kein Einzelner mehr sein,
Ich bin der Welt, die Welt ist mein.

Vergangen sei vergangen,
Und Zukunft ewig fern;
In Gegenwart gefangen
Verweilt die Liebe gern,

Und reicht nach allen Seiten
Die ewgen Arme hin,
Mein Dasein zu erweiten,
Bis ich unendlich bin.

So tausendfach gestaltet,
Erblüh ich überall,
Und meine Tugend waltet
Auf Berges Höh, im Tal.

Mein Wort hallt von den Klippen,
Mein Lied vom Himmel weht;
Es flüstern tausend Lippen
Im Haine mein Gebet.

Ich habe allem Leben
Mit jedem Abendrot
Den Abschiedskuß gegeben,
Und jeder Schlaf ist Tod.

Es sinkt der Morgen nieder,
Mit Fittichen so lind,
Weckt mich die Liebe wieder,
Ein neugeboren Kind.

Und wenn ich einsam weine,
Und wenn das Herz mir bricht,
So sieh im Sonnenscheine
Mein lächelnd Angesicht.

Muß ich am Stabe wanken,
Schwebt Winter um mein Haupt,
Wird nie doch dem Gedanken
Die Glut und Eil geraubt.

Ich sinke ewig unter,
Und steige ewig auf,
Und blühe stets gesunder
Aus Liebes-Schoß herauf.

Das Leben nie verschwindet,
Mit Liebesflamm' und Licht
Hat Gott sich selbst entzündet
In der Natur Gedicht.

Das Licht hat mich durchdrungen,
Und reißet mich hervor;
Mit tausend Flammenzungen
Glüh ich zur Glut empor.

So kann ich nimmer sterben,
Kann nimmer mir entgehn;
Denn um mich zu verderben,
Müßt Gott selbst untergehn.

Die Liebe fing mich ein mit ihren Netzen,
Und Hoffnung bietet mir die Freiheit an;
Ich binde mich den heiligen Gesetzen,
Und alle Pflicht erscheint ein leerer Wahn.
Es stürzen bald des alten Glaubens Götzen,
Zieht die Natur mich so mit Liebe an.
O süßer Tod, in Liebe neu geboren,
Bin ich der Welt, doch sie mir nicht verloren.

Schnell nieder mit der alten Welt,
Die neue zu erbauen.
Der, dem die Liebe sich gesellt,
Darf nicht nach Trümmern schauen.
Aus Kraft und nicht aus Reue dringt,
Was die Vergangenheit verschlingt.

Szene aus meinen Kinderjahren

Oft war mir schon als Knaben alles Leben
Ein trübes träges Einerlei. Die Bilder,
Die auf dem Saal und in den Stuben hingen,
Kannt ich genau; ja selbst der Büchersaal,
Mit Sandrat, Merian, den Bilderbüchern,
Die ich kaum heben konnte, war verachtet,
Ich hatte sie zum Ekel ausbetrachtet.

So, daß ich mich hin auf die Erde legte,
Und in des Himmels tausendförmgen Wolken,
Die luftig, Farben wechselnd oben schwammen,
Den Wechsel eines flüchtgen Lebens suchte.
Kein lieber Spielwerk hatt ich, als ein Glas,
In dem mir alles umgekehrt erschien.
Ich saß oft stundenlang vor ihm, mich freuend,
Wie ich die Wolkenschäfchen an die Erde,
Und meines Vaters Haus, den ernsten Lehrer
Und all mein Übel an den Himmel bannte.
Recht sorgsam wich ich aus, in jenen Höhen
Den kleinen Zaubrer selbst verkehrt zu sehen.

Ich wollte damals alles umgestalten,
Und wußte nicht, daß Änderung unmöglich,
Wenn wir das Äußre, nicht das Innre wenden,
Weil alles Leben in der Waage schwebet,
Daß ewig das Verhältnis wiederkehret,
Und jeder, der zerstört, sich selbst zerstöret.

Dann lernt ich unsern Garten lieben, freute
Der Blüten mich, der Frucht, des goldnen Laubes
Und ehrte gern des Winters Silberlocken.
An einem Abend stand ich in der Laube,
Von der die Aussicht sich ins Tal ergießt,
Und sah, wie Tag und Nacht so mutig kämpften.

Die Wolken drängten sich wie wilde Heere,
Gestalt und Stellung wechselnd in dem Streite,
Der Sonne Strahlen schienen blutge Speere;
Es rollte leiser Donner in der Weite,
Und unentschieden schwankt des Kampfes Ehre
Von Tag zu Nacht, neigt sich zu jeder Seite;
Dann sinkt die Glut, es brechen sich die Glieder,
Es drückt die Nacht den schwarzen Schild hernieder.

Da fühlte ich in mir ein tiefes Sehnen
Nach jenem Wechsel der Natur, es glühte
Das Blut mir in den Adern, und ich wünschte
In einem Tage so den Frühling, Sommer,
Herbst, Winter, in mir selbst, und spann
So weite, weite Pläne aus, und drängte
Sie enge, enger nur in mir zusammen.

Der Tag war hinter Berge still versunken,
Ich wünschte jenseits auch mit ihm zu sein,
Weil er mir diesseits mit dem kalten Lehrer,
Und seinen Lehren, stets so leer erschien.
Der Ekel und die Mühe drückte mich,
Ich blickte rückwärts, sah ein schweres Leben,
Und dachte mir das Nichtsein gar viel leichter.
Dann wünscht ich mich mit allem, was ich Freude
Und wünschenswertes Glück genannt, zusammen
Vergehend in des Abendrotes Flammen.

Der Gärtner ging nun still an mir vorüber
Und grüßte mich, ein friedlich Liedchen sang er,
Von Ruhe nach der Arbeit, und dem Weibe,
Das freundlich ihm mit Speis und Trank erwarte.

Die Vöglein sangen in den dunkeln Zweigen,
Mit schwachen Stimmen ihren Abendsegen,
Und es begann sich in den hellen Teichen
Ein friedlich monotones Lied zu regen.

Die Hühner sah ich still zur Ruhe steigen,
Sich einzeln folgend auf bescheidnen Stegen.
Und leise wehte durch die ruh'ge Weite,
Der Abendglocke betendes Geläute.

Da sehnt ich mich nach Ruhe nach der Arbeit,
Und träumte mancherlei von Einfachheit,
Von sehr bescheidnen bürgerlichen Wünschen.
Ich wußte nicht, daß es das Ganze war,
Das mich mit solchem tiefen Reiz ergriff.

Des Abends Glut zerfloß in weite Röte,
So löst der Mühe Glut auf unsern Wangen
Der Schlaf in heilig sanfte Röte auf.
Kein lauter Seufzer hallte schmerzlich wider,
Es ließ ein Leben ohne Kunst sich nieder,
Die hingegebne Welt löst' sich in Küssen,
Und alle Sinne starben in Genüssen.

Da flocht ich trunken meine Ideale,
Durch Wolkendunkel webt ich Mondesglanz.
Der Abendstern erleuchtet, die ich male,
Es schlingt sich um ihr Haupt der Sternenkranz,
Die Göttin schwebt im hohen Himmelssaale
Und sinkt und steigt in goldner Strahlen Tanz.
Bald faßt mein Aug nicht mehr die hellen Gluten,
Das Bild zerrinnt in blaue Himmelsfluten.

Und nie konnt ich die Phantasie bezwingen,
Die immer mich mit neuem Spiel umflocht;
So glaubte ich auf einem kleinen Kahne
In süßer Stummheit durch das Abendmeer
Mit fremden schönen Bildern hinzusegeln.
Und dunkler, immer dunkler ward das Meer,
Den Kahn und mich, und ach, das fremde Bild,
Dem du so ähnlich bist, zog's still hinab.

Ich ruht in mich ganz aufgelöst im Busche,
Die Schatten spannen Schleier um mein Aug,
Der Mond trat durch die Nacht, und Geister wallten
Rund um mich her, ich wiegte in der Dämmrung
Der Büsche dunkle Ahndungen, und flocht
Aus schwankender Gesträuche Schatten Lauben
Für jene Fremde, die das Meer verschlang.
Und neben mir, in toter Ungestalt,
Lag schwarz wie Grab mein Schatten hingeballt.

Und es schien das tiefbetrübte
Frauenbild von Marmorstein,
Das ich immer heftig liebte,
An dem See im Mondenschein,
Sich mit Schmerzen auszudehnen,
Nach dem Leben sich zu sehnen.

Traurig blickt es in die Wellen,
Schaut hinab mit totem Harm,
Ihre kalten Brüste schwellen,
Hält das Kindlein fest im Arm.
Ach, in ihren Marmorarmen
Kann's zum Leben nie erwarmen!

Sieht im Teich ihr Abbild winken,
Das sich in dem Spiegel regt,
Möchte gern hinuntersinken,
Weil sich's unten mehr bewegt,
Aber kann die kalten, engen
Marmorfesseln nicht zersprengen.

Kann nicht weinen, denn die Augen
Und die Tränen sind von Stein.
Kann nicht seufzen, kann nicht hauchen,
Und erklinget fast vor Pein.
Ach, vor schmerzlichen Gewalten
Möcht' das ganze Bild zerspalten!

Es riß mich fort, als zögen mich Gespenster
Zum Teiche hin, und meine Augen starrten
Aufs weiße Bild, es schien mich zu erwarten,
Daß ich mit heißem Arme es umschlinge,
Und Leben durch den kalten Busen dringe.

Da ward es plötzlich dunkel, und der Mond
Verhüllte sich mit dichten schwarzen Wolken.
Das Bild mit seinem Glanze war verschwunden
In finstrer Nacht. In Büsche eingewunden,
Konnt ich mit Mühe von der Stelle schreiten.
Ich tappe fort, und meine Füße gleiten,
Ich stürze in den Teich. Ein Freund von mir,
Der mich im Garten suchte, hört den Fall,
Und rettet mich. Bis zu dem andern Morgen
War undurchdringlich tiefe Nacht um mich,
Doch bleibt in meinem Leben eine Stelle,
Ich weiß nicht wo, voll tiefer Seligkeit,
Befriedigung und ruhigen Genüssen,
Die alle Wünsche, alle Sehnsucht löste.

Als ich am Turm zu deinen Füßen saß,
Erschufst du jenen Traum zum ganzen Leben,
In dem von allen Schmerzen ich genas.
O teile froh mit mir, was du gegeben,
Denn was ich dort in deinem Auge las,
Wird sich allein hoch über alles heben.
Und kannst du mir auf jenen Höhen trauen,
So werd ich bald das Tiefste überschauen.

Ich glaube, daß es mir in jener Nacht,
Von der ich nichts mehr weiß, so wohl erging,
Als ich erwachte, warf sich mir die Welt
Eiskalt und unbeweglich hart ums Herz.
Es war der tötende Moment im Leben,
Du, Tilie, konnt'st allein den Zauber heben.

Mein Vater saß an meinem Bette, lesend
Bemerkte er nicht gleich, daß ich erwachte.
Es stieg und sank mein Blick auf seinen Zügen
Mit solchem Forschen, solcher Neugierd, daß
Mir selbst vor meiner innern Unruh bangte.
Dann neigte er sich freundlich zu mir hin
Und sprach mit tiefer Rührung: Karl, wie ist dir?
Ich hatte ihn noch nie so sprechen hören,
Und rief mit lauten Tränen aus – O Vater!
Mir ist so wohl, doch, ach! die Marmorfrau –
Wer ist sie? – Wessen Bild? – Wer tat ihr weh?
Daß sie so tiefbetrübt aufs holde Kind,
Und in den stillen See hernieder weint?

Mein Vater hob die Augen gegen Himmel,
Und ließ sie starr zur Erde niedersinken,
Sprach keine Silbe und verließ die Stube.
In diesem Augenblicke fiel mein Los.
Ein ewger Streit von Wehmut und von Kühnheit,
Der oft zu einer innern Wut sich hob,
Ein innerliches, wunderbares Treiben
Ließ mich an keiner Stelle lange bleiben.

Es war mir Alles Schranke, nur wenn ich
An jenem weißen Bilde in dem Garten saß,
War mir's, als ob es alles, was mir fehlte,
In sich umfaßte, und vor jeder Handlung,
Ja fast, eh ich etwas zu denken wagte,
Fragt ich des Bildes Widerschein im Teiche.
Entgegen stieg mir hier der blaue Himmel,
Und folgte still, wie die bescheidne Ferne,
Der weißen Marmorfrau, die auf dem Spiegel
Des Teiches schwamm. So wie der Wind die Fläche
In Kreisen rührte, wechselte des stillen
Und heilgen Bildes Wille, und *so* tat ich.

Sprich aus der Ferne
Heimliche Welt,
Die sich so gerne
Zu mir gesellt.

Wenn das Abendrot niedergesunken,
Keine freudige Farbe mehr spricht,
Und die Kränze still leuchtender Funken
Die Nacht um die schattigte Stirne flicht:

Wehet der Sterne
Heiliger Sinn
Leis durch die Ferne
Bis zu mir hin.

Wenn des Mondes still lindernde Tränen
Lösen der Nächte verborgenes Weh;
Dann wehet Friede. In goldenen Kähnen
Schiffen die Geister im himmlischen See.

Glänzender Lieder
Klingender Lauf
Ringelt sich nieder,
Wallet hinauf.

Wenn der Mitternacht heiliges Grauen
Bang durch die dunklen Wälder hinschleicht,
Und die Büsche gar wundersam schauen,
Alles sich finster tiefsinnig bezeugt:

Wandelt im Dunkeln
Freundliches Spiel,
Still Lichter funkeln
Schimmerndes Ziel.

Alles ist freundlich wohlwollend verbunden,
Bietet sich tröstend und traurend die Hand,
Sind durch die Nächte die Lichter gewunden,
Alles ist ewig im Innern verwandt.

Sprich aus der Ferne
Heimliche Welt,
Die sich so gerne
Zu mir gesellt.

Sonne willst du untergehen
O so schicke erst die Sterne
Daß die Nacht mich nicht bezwinge
Wenn ich ihr die Botschaft bringe
Wiedersehen, Wiedersehen
ist nicht ferne.

Still beschauet mich ihr Bäume
Und ihr weißen Marmorbilder
Und ihr Quellen, lustge Bronnen,
Bald ist euch der Freund entronnen
Sinket nieder grünen Räume
Tauet milder

Sonne bist du untergangen
O so schicke bald die Sterne
Daß die Nacht mich zu ihr bringe
Daß ich ihr die Botschaft singe
wie verlangen und erlangen
nicht mehr ferne.

Von den Mauern Widerklang
Fragt es in dem Herzen bang
Ist es ihre Stimme?
Durch die Nacht dringt nicht mein Blick
Kehret mir ein Ton zurück
Ist's nur meine Stimme?

Wenn ich in des Himmelshöh
Sich die Sterne küssen seh
Wärens unsre Sterne!
Auf der hohen Wände Rand
Meine Augen hingebannt
Seh ich nur die Sterne

Heiß ist Liebe, Nacht ist kühl
Und ich sah ach viel zu viel
Dir ins schwarze Auge
Nacht ist voller Lug und Trug
Nimmer sehen wir genug
Ihr im dunklen Auge.

Der Gottheit hoher Tempel ist zerstöret
Es ründen an der heilgen Kuppel sich die Töne
Nicht mehr in schöne Worte des Gebetes,
Und teilen sich im Takte an den Säulen
Die in der Krone leichte Melodien
In lieblicher Verirrung schöner Locken
Auf ihre ernsten hohen Stirnen wallen.
Zertrümmert ist das herrliche Gebäude
Und mit dem Echo ist das Wort gestorben.
Vom weiten Himmel hallt kein Lied zurücke.
Denn schrecklich ist die Macht des großen Lebens
Und unermeßlich ist es hier zu beten.

Es senke sich ein leiser Traum hernieder
Der ihr der eignen Schönheit Gürtel löst
Und sanften Blicks mit schmeichelndem Gefieder
Des eignen Herzens Fülle ihr entblößt.
Im leichten Spiel küss' sie der eignen Lieder
Gestalten, und der leise Kuß erlöst
Die Blume von der Träne die sie drücket
Daß sie zum Grabe müd sich bücket.

Tief unter mir ist alle Welt geschwunden
Seit ich an eines schönen Geistes Hand,
Die Binde von den Augen losgebunden,
Auf meines Daseins höchster Zinne stand,
Ist alle Lust oft rund um mich gewunden
Weil sich die Liebe schaffend um mich wand,
Auch wird wohl einst mein krankes Herz gesunden
Hab ich die Aussicht wieder nur gefunden.

Die Klage, sie wecket
Den Toten nicht auf,
Die Liebe nur decket
Den Vorhang dir auf.

Man liebt und was immer
Das Leben belebt,
Mit fassenden Sinnen
Die Augen erhebt.

Das zarte Umfassen,
Es löst sich so bald,
Die Augen erblassen
Es stirbt die Gestalt.

Die Liebe, sie schicket
Die Klage ihr nach
Die Liebe, sie blicket
Den Toten bald wach.

Die Klage, sie wecket
Die Toten nicht auf,
Die Liebe nur decket
Das Leben dir auf.

O lieber Gott, so mild und lind,
Du schließest mit Erbarmen
Die Kinder all, die Waisen sind,
In deine Vaterarmen.

Siehst nieder in der stillen Nacht
Mit tausend kleinen Sternen,
Und wo dein freundlich Auge wacht,
Muß sich der Feind entfernen.

Drum fasse Mut, du Menschenkind,
Verlier dich nicht im Dunkeln,
Die Lichter ja am Himmel sind
Um tröstlich dir zu funkeln.

Sonett

Es saß ein Kind ganz still zu meinen Füßen,
Und spielte froh mit freundlichen Gedanken,
Es blickt mich an, bis ihm die Blicke sanken,
Und goldne ferne Lande sich erschließen,

Von allen Seiten dringt ein süßes Grüßen,
Das alte Leben muß nun abwärts wanken,
Daß neue frohe Zweige grün umranken
Und rund umher ihm zarte Blumen sprießen.

Das Kind erwacht, und fraget mich mit Bangen,
Ob andern wohl ein solcher Traum gelinge,
Ob ich's allein mit Zauberei umfangen,

Daß dankbar es die Arme um mich schlinge.
Da rötet mir Verwunderung die Wangen
Woher das Kind die kühne Frag erschwinge.

Auf Dornen oder Rosen hingesunken? –
– Ob leiser Atem von den Lippen fließt –
– Ob ihr der Krampf den kleinen Mund verschließt –
– Kein Öl der Lampe? – oder keinen Funken? –

Der Jüngling – betend – tot – im Schlafe trunken?
– Ob er der Jungfrau höchste Gunst genießt –
Was ist's? das der gefallne Becher gießt –
– Hat Gift, hat Wein, hat Balsam sie getrunken –

Und sieh! des Knaben Arme Flügel werden –
– Nein Mantelsfalten, – Leichentuches Falten
Um sie strahlt Heilgenschein – zerraufte Haare –

O deute die undeutlichen Geberden,
O laß des Zweifels schmerzliche Gewalten –
Enthüll, verhüll das Freudenbett – die Bahre.

Als hohe in sich selbst verwandte Mächte
In heilger Ordnung bildend sich gereiht,
Entzündete im wechslenden Geschlechte
Die Liebe lebende Beweglichkeit,
Und ward im Beten tiefgeheimer Nächte,
Dem Menschen jene Fremde eingeweiht,
Ein stilles Heimweh ist mit dir geboren,
Hast du gleich früh den Wanderstab verloren.

Die Töne ziehn dich hin, in sanften Wellen,
Rauscht leis ihr Strom in Ufern von Kristall,
Sirenen buhlen mit der Fahrt Gesellen,
Aus Bergestiefen grüßt sie das Metall,
Der Donner betet, ihre Segel schwellen,
Aus Ferne ruft ernste Widerhall;
Die Wimpeln wehn in bunten Melodien,
O wolltest du mit in die Fremde ziehen.

Die Farben spannen Netze aus, und winken
Dir mit des Aufgangs lebenstrunknem Blick,
In ihren Strahlen Brüderschaft zu trinken.
Am Berge weilen sie, und sehn zurück –
Willst du nicht auch zur Heimat niedersinken?
Denn von den Sternen dämmert dein Geschick,
Die fremde Heimat, spricht es, zu ergründen,
Sollst du des Lichtes Söhnen dich verbünden.

Auch magst du leicht das Vaterland erringen,
Hast du der Felsen hartes Herz besiegt,
Der Marmor wird in süßem Schmerz erklingen,
Der tot und stumm in deinem Wege liegt:
Wenn deine Arme glühend ihn umschlingen,
Daß er sich deinem Bilde liebend schmiegt;
Dann führt dich gern zu jenen fremden Landen,
Dein Gott, du selbst, aus ihm und dir erstanden.

Dich schreckt so stiller Gang, so schwer Bemühen,
Du sehnest dich in alle Liebe hin,
Des Marmors kalte Lippe will nicht glühen,
Die Farbe spottet deiner Hände Sinn,
Die Töne singen Liebe dir und fliehen,
Gewinnst du nicht, so werde selbst Gewinn,
Entwickle dich in Form, und Licht, und Tönen,
So wird der Heimat Bürgerkranz dich krönen.

O freier Geist, du unerfaßlich Leben,
Gesang der Farbe, Formen-Harmonie,
Gestalt des Tons, du hell lebendig Weben,
In Nacht und Tod, in Stummheit Melodie,
In meines Busens Saiten tonlos Beben,
Ersteh' in meiner Seele Poesie:
Laß mich in ihrer Göttin Wort sie grüßen,
Daß sich der Heimat Tore mir erschließen.

Ein guter Bürger will ich Freiheit singen,
Der Liebe Freiheit, die in Fremde rang,
Will in der Schönheit Grenzen Kränze schlingen,
Um meinen Ruf, des Lebens tiefsten Klang,
Mir eignen, ihn mit Lied und Lieb erringen,
Bis brautlich ganz in Wonne mein Gesang,
Gelöst in Lust und Schmerz das Widerstreben,
Und eigner Schöpfung Leben niederschweben.

Unter des lebenden
Grünenden Tempels
Flüsternde Hallen
Komme ich irrend.

Wie sich die Eiche
Himmelwärts türmet
Wie in dem Gipfel
Ruhet des Mächtigen
Jupiters Fuß.

Und in dem Herzen
Fühl ich die Nähe
Heiliger Wesen,
Die durch die Zweige
Zu dem Olympos
Wandeln empor.

Führt mich ihr friedlichen
Geister des Haines,
Die mich umschweben
Lachend und rufend,
Führt mich zurück.

Irrende, flüchtige,
Tönende Geister,
Die ihr mit schäkernden
Lispelnden Worten
Irr mich geführt.

Hier wo in mondlichen
Nächten ihr rauschet,
Und um die wohnsame
Herrliche Eiche
Tanzend euch schwingt.

Wo ich im Taue
Freudigen Grases
Von euren flüchtigen
Goldenen Sohlen
Ehre die Spur. –

Hört mich ihr freundlichen,
Die ihr verlorene
Götter gepfleget,
Die ihr die fliehende
Daphne umarmt.

Frohe, geheime,
Lindernde Geister,
Die in des Waldes
Rührigen Schauer
Weben den Trost.

Mächtige, lebende,
Stärkende Geister,
Die in der Stämme
Alter und Jugend
Bilden die Kraft.

Wenn ich je frevlend
Eure geheiligten
Stämme verletzet,
O! so verdorre
Welkend die Hand.

Nimmer auch höhnt ich
Echo die Jungfrau,
Die mit euch wohnet,
Teilt ihr vertraulich
Liebe und Schmerz.

Führet mich heimwärts!
Bin nur ein Wandrer,
Bin kein Unsterblicher,
Der mit ambrosischen
Bissen sich nährt.

Wisset mich hungert,
Führet mich heimwärts,
Daß ich dem Freunde
Von der Dryaden
Hülfreicher Güte
Bringe die Mär.

An S.

Wie war dein Leben
So voller Glanz.
Wie war dein Morgen
So kindlich Lächlen,
Wie haben sich alle
Um dich geliebt,
Wie kam dein Abend
So betend zu dir,
Und alle beteten
An deinem Abend.

Wie bist du verstummt
In freundlichen Worten,
Und wie dein Aug brach
In sehnenden Tränen,
Ach da schwiegen alle Worte
Und alle Tränen
Gingen mit ihr.

Wohl ging ich einsam,
Wie ich jetzt gehe,
Und dachte deiner,
Mit Liebe und Treue –
Da warst du noch da
Und sprachst lächlend:
Sehne dich nimmer nach mir,
Da der Lenz noch so freudig ist
Und die Sonne noch scheint –

Am stillen Abend,
Wenn die Rosen nicht mehr glühen
Und die Töne stumm werden,
Will ich bei dir sein
In traulicher Liebe,
Und dir sagen,
Wie mir am Tage war.

Aber mich schmerzte tief,
Daß ich so einsam sei,
Und vieles im Herzen.
O warum bist du nicht bei mir!
Sprach ich, und siehst mich
Und liebst mich,
Denn mich haben manche verschmäht,
Und ich vergesse nimmer,
Wie sie falsch waren
Und ich so treu und ein Kind.

Da lächeltest du des Kindes
Im einsamen Wege,
Und sprachst: harre zum Abend,
Da bist du ruhig
Und ich bei dir in Ruhe.

Dein Herz wie war es da,
Daß du nicht trautest,
Viel Schmerzen waren in dir,
Aber du warest größer als Schmerzen,
Wie die Liebe, die süßer ist,
Als all ihr Schmerz.

Und die Armut, der du gabst,
War all dein Trost,
Und die Liebe, die du freundlich
Anderen pflegtest,
War all deine Liebe.

Einsam ging ich nicht mehr,
Du warst mir begegnet
Und blicktest mich an –
Scherzend war dein Aug
Und deine Lippe so tröstend –
Dein Herz lag gereift
In der liebenden Brust.

Freundlich sprachst du:
Nun ist bald Abend,
Gehe, vollende,
Daß wir dann ruhen,
Und sprechen vom Tage.

Wie ich mich wendete –
Ach der Weg war so schwer!
Langsam schritt ich,
Und jeder Schritt wollte wurzeln,
Ich wollte werden wie ein Baum,
All meine Arme,
Blüten und Blätter,
Sehnend dir neigen.

Oft blickte ich rückwärts
Hin, wo du warst,
Da lagen noch Strahlen,
Da war noch Sonne
Und die hohen Bäume glänzten
Im ernsten Garten,
Wo du gingst.

Ach der Abend wird nicht kommen
Und die Ruhe nicht,
Auf Erden ist keine Ruhe.

Nun ist es Abend,
Aber wo bist du?
Daß ich dir sage,
Wie der Tag war.

Warum hörtest du mich nicht,
Als du noch da warst?
Nun bin ich einsam,
Und denke deiner
Liebend und treu.

Die Sonne scheint nicht,
Und die Rosen glühen nicht,
Stumm sind die Töne –
O! warum kömmst du nicht,
Willst du nicht halten,
Was du versprachst?
Willst du nicht hören,
Soll ich nicht hören,
Wie der Tag war?

Wie war dein Leben
So voller Glanz,
Wie war dein Morgen
So kindlich Lächlen,

Wie habe ich immer
Um dich mich geliebt,
Wie kömmt dein Abend
So betend zu mir,
Und wie bete ich
An deinem Abend.

Am Tage hörtest du mich nicht,
Denn du warst der Tag,
Du kamst nicht am Abend,
Denn du bist der Abend geworden.

Wie ist der Tag verstummt
In freundlichen Worten,
Wie ist sein Aug gebrochen
In sehnenden Tränen,
Ach da schweigen alle meine Worte,
Und meine Sehnsucht zieht mit dir.

O Tannebaum! o Tannebaum!
Du bist mir ein edler Zweig,
So treu bist du, man glaubt es kaum,
Grünst sommers und winters gleich.

Wenn andere Bäume schneeweiß sein
Und traurig um sich sehen,
Sieht man den Tannebaum allein
Ganz grün im Walde stehen.

O Tannebaum! o Tannebaum! *etc.*

Mein Schätzel ist kein Tannebaum,
Ist auch kein edler Zweig,
Ich war ihm treu, man glaubt es kaum,
Doch blieb er mir nicht gleich.

O Tannebaum! o Tannebaum! *etc.*

Er sah die andern schneeweiß sein
Und schimmernd um sich sehn,
Und mochte nicht mehr grün allein
Bei mir im Walde stehn.

O Tannebaum! o Tannebaum! *etc.*

Der andern Bäume dürres Reis
Schlägt grün im Frühling aus,
Pocht er sein Röckchen, bleibts doch weiß,
Schlägt nie das Grün heraus.

O Tannebaum! o Tannebaum! *etc.*

Oft hab ich bei mir selbst gedacht,
Er kömmt noch einst nach Haus,
Spricht: Hab mir selbst was weiß gemacht,
Poch mir mein Röcklein aus.

O Tannebaum! o Tannebaum! *etc.*

Und klopft ich ihn auch poch, poch, poch,
So fliegt nur Staub heraus;
Das schöne treue Grün kommt doch
Nun nimmermehr heraus.

O Tannebaum! o Tannebaum! *etc.*

Drum als er mich letzt angelacht,
Ich ihm zur Antwort gab:
Hast dir und mir was weiß gemacht,
Dein Röcklein färbet ab.

O Tannebaum! o Tannebaum! *etc.*

O Tannebaum! o Tannebaum!
Wie traurig ist dein Zweig,
Du bist mir wie ein stiller Traum,
Und mein Gedanken gleich.

O Tannebaum! o Tannebaum! *etc.*

Du sahst so gar ernsthaftig zu,
Als er mir Treu versprach,
Sprich, sag mir doch, was denkest du,
Daß er mir Treue brach.

O Tannebaum! o Tannebaum! *etc.*

Ich hab das Lämplein angesteckt
Zum langen Angedenken,
Und wenn mich kühle Erde deckt,
Mag Kind und Enkel denken:
Der Vater ruht im Tale aus,
Und kömmt nicht mehr ins stille Haus.

Lischst du o Herr mein stilles Licht,
Das tief herab schon brennet,
Und werd vor deinem Angesicht
Ich nur ganz rein erkennet,
So geht mit Freude angetan
Erst recht mein schönstes Leuchten an.

Großmutter Schlangenköchin

Maria, wo bist du zur Stube gewesen?
Maria, mein einziges Kind!

> Ich bin bei meiner Großmutter gewesen,
> Ach weh! Frau Mutter, wie weh!

Was hat sie dir dann zu essen gegeben?
Maria, mein einziges Kind!

> Sie hat mir gebackne Fischlein gegeben.
> Ach weh! Frau Mutter, wie weh!

Wo hat sie dir dann das Fischlein gefangen?
Maria, mein einziges Kind!

> Sie hat es in ihrem Krautgärtlein gefangen,
> Ach weh! Frau Mutter, wie weh!

Womit hat sie dann das Fischlein gefangen?
Maria, mein einziges Kind.

> Sie hat es mit Stecken und Ruten gefangen.
> Ach weh! Frau Mutter, wie weh!

Wo ist denn das Übrige vom Fischlein hinkommen?
Maria, mein einziges Kind!

> Sie hat's ihrem schwarzbraunen Hündlein gegeben,
> Ach weh! Frau Mutter, wie weh!

Wo ist dann das schwarzbraune Hündlein hinkommen?
Maria, mein einziges Kind!

> Es ist in tausend Stücke zersprungen.
> Ach weh! Frau Mutter, wie weh!

Maria, wo soll ich dein Bettlein hin machen?
Maria, mein einziges Kind!

Du sollst mir's auf den Kirchhof machen.
Ach weh! Frau Mutter, wie weh!

Annonciatens Bild

Am Hügel sitzt sie, wo von kühlen Reben
Ein Dach sich wölbt durchrankt von bunter Wicke,
Im Abendhimmel ruhen ihre Blicke,
Wo goldne Pfeile durch die Dämmrung schweben.

Orangen sind ihr in den Schoß gegeben
Zu zeigen, wie die Glut sie nur entzücke,
Und länger weilt die Sonne, sieht zurücke
Zum stillen Kinde in das dunkle Leben.

Der freien Stirne schwarze Locken kränzet
Ihr goldner Pomeranzen süße Blüte,
Zur Seite sitzt ein Pfau, der in den Strahlen

Der Sonne, der er sehnend ruft, erglänzet.
Mit solchen Farben wollte das Gemüte
Von Annonciata fromm ein Künstler malen.

Mariens Bild

Im kleinen Stübchen, das von ihrer Seele
An reiner Zierde uns ein Abbild schenket,
Sitzt sie und stickt, den holden Blick gesenket,
Daß sich ins reine Werk kein Fehler stehle.

Was ihres Busens keuscher Flor verhehle
Und ihre Hand in stillem Fleiße lenket,
Die Lilie an ihrer Seite denket,
Das Täubchen dir in ihrem Schoß erzähle.

Durchs Fenster sehen linde Sonnenstrahlen,
Die Josephs Bild, das eine Wand bedecket,
Mit ihrem frohen Glanze heller malen,

Und wär der Schein der Taube zu vereinen,
Die sie herabgebückt im Schoß verstecket,
Marie würde Mutter Gottes scheinen.

Ein Fischer saß im Kahne,
Ihm war das Herz so schwer,
Sein Liebchen war gestorben,
Das glaubt' er nimmermehr.

Und bis die Sternlein blinken,
Und bis zum Mondenschein,
Harrt er sein Lieb zu fahren
Wohl auf dem tiefen Rhein.

Da kömmt sie her gegangen
Und steiget in den Kahn,
Sie schwanket in den Knien,
Hat nur ein Hemdlein an.

Sie schwimmen auf den Wellen
Hinab in tiefer Ruh,
Da zittert sie und wanket,
O Liebchen frierest Du?

Dein Hemdlein spielt im Winde,
Das Schifflein treibt so schnell;
Hüll dich in meinen Mantel,
Die Nacht ist kühl und hell.

Sie strecket nach den Bergen
Die weißen Arme aus,
Und freut sich, wie der Vollmond
Aus Wolken sieht heraus.

Und grüßt die alten Türme,
Und will den hellen Schein,
Mit ihren zarten Armen,
Erfassen in dem Rhein.

O setze dich doch nieder
Herzallerliebste mein!
Das Wasser treibt so schnelle
O fall nicht in den Rhein.

Und große Städte fliegen
An ihrem Kahn vorbei,
Und in den Städten klingen
Der Glocken mancherlei.

Da kniet das Mädchen nieder
Und faltet seine Händ
Und seine hellen Augen
Es zu dem Himmel wend't.

Lieb Mädchen bete stille,
Schwank nicht so hin und her,
Der Kahn, er möchte sinken,
Das Wasser treibt so sehr.

In einem Nonnen-Kloster
Da singen Stimmen fein
Und in dem Kirchenfenster
Sieht man den Kerzenschein.

Da singt das Mädchen helle
Die Metten in dem Kahn,
Und sieht dabei mit Tränen
Den Fischerknaben an.

Der Knabe singt mit Tränen
Die Metten in dem Kahn,
Und sieht dabei sein Mädchen
Mit stummen Blicken an.

So rot und immer röter
Wird nun die tiefe Flut,
Und weiß und immer weißer
Das Mädchen werden tut.

Der Mond ist schon zerronnen,
Kein Sternlein mehr zu sehn,
Und auch dem lieben Mädchen
Die Augen schon vergehn.

Lieb Mädchen guten Morgen!
Lieb Mädchen gute Nacht!
Warum willst du nun schlafen?
Da schon die Sonn erwacht.

Die Türme blinken helle,
Und froh der grüne Wald
Von tausend bunten Stimmen
In lautem Sang erschallt.

Da will er sie erwecken,
Daß sie die Freude hör',
Er sieht zu ihr hinüber
Und findet sie nicht mehr.

Und legt sich in den Nachen
Und schlummert weinend ein,
Und treibet weiter weiter
Bis in die See hinein.

Die Meereswellen brausen
Und schleudern ab und auf
Den kleinen Fischernachen
Der Knabe wacht nicht auf.

Doch fahren große Schiffe
In stiller Nacht einher,
So sehen sie die beiden
Im Kahne auf dem Meer.

Ein Ritter an dem Rheine ritt
In dunkler Nacht dahin,
Ein Ritterlein, das reitet mit
Und fragt: wohin dein Sinn?

Mein Sinn, der steht nach Minnen,
Ich hab mich rumgeschlagen,
Und konnt doch nichts gewinnen,
Und mußt das Leben wagen.

Ei hast du nicht die Ehr davon?
Die Ehr ist hohes Gut –
Ich hätt die liebe Zeit davon,
Die Ehr ist mir kein Gut. –

Mein Blut ist hingeflossen
Rot zu der Erde nieder,
So warm ich es vergossen,
Gibt mir's die Ehr nicht wieder.

Da sprach das kleine Ritterlein:
Daß Gott sich dein erbarm!
Du mußt ein schlechter Ritter sein,
Weil deine Ehr so arm. –

Ich will nun mit dir rechten,
Weil du nicht ehrst die Ehre;
Mein Ehr will ich verfechten,
Setz deine nur zur Wehre.

Des Ritters Unwill war sehr groß,
Drum er vom Rosse sprang,
Auch machet sich der kleine los
Und sich zur Erde schwang. –

Da fühlt sich der Geselle
Von hinten fest umwinden,
Es ist die Nacht nicht helle,
Sie streiten wie die Blinden.

Und sinken beide in den Klee –
Ei sprich! wer hat gesiegt!
Der Ritter ohne Ach und Weh –
Bei einer Jungfrau liegt.

Ei hast du nicht die Ehr davon?
Die Ehr ist hohes Gut –
Ich hätt die liebe Zeit davon,
Die Ehr ist mir kein Gut. –

Zu Bacharach am Rheine
Wohnt eine Zauberin,
Sie war so schön und feine
Und riß viel Herzen hin.

Und brachte viel zu schanden
Der Männer rings umher,
Aus ihren Liebesbanden
War keine Rettung mehr.

Der Bischof ließ sie laden
Vor geistliche Gewalt –
Und mußte sie begnaden,
So schön war ihr Gestalt.

Er sprach zu ihr gerühret:
»Du arme Lore Lay!
Wer hat dich denn verführet
Zu böser Zauberei?«

»Herr Bischof laßt mich sterben,
Ich bin des Lebens müd,
Weil jeder muß verderben,
Der meine Augen sieht.

Die Augen sind zwei Flammen,
Mein Arm ein Zauberstab –
O legt mich in die Flammen!
O brechet mir den Stab!«

»Ich kann dich nicht verdammen,
Bis du mir erst bekennt,
Warum in diesen Flammen
Mein eigen Herz schon brennt.

Den Stab kann ich nicht brechen,
Du schöne Lore Lay!
Ich müßte dann zerbrechen
Mein eigen Herz entzwei.«

»Herr Bischof mit mir Armen
Treibt nicht so bösen Spott,
Und bittet um Erbarmen,
Für mich den lieben Gott.

Ich darf nicht länger leben,
Ich liebe keinen mehr –
Den Tod sollt Ihr mir geben,
Drum kam ich zu Euch her. –

Mein Schatz hat mich betrogen,
Hat sich von mir gewandt,
Ist fort von hier gezogen,
Fort in ein fremdes Land.

Die Augen sanft und wilde,
Die Wangen rot und weiß,
Die Worte still und milde
Das ist mein Zauberkreis.

Ich selbst muß drin verderben,
Das Herz tut mir so weh,
Vor Schmerzen möcht ich sterben,
Wenn ich mein Bildnis seh.

Drum laßt mein Recht mich finden,
Mich sterben, wie ein Christ,
Denn alles muß verschwinden,
Weil er nicht bei mir ist.«

Drei Ritter läßt er holen:
»Bringt sie ins Kloster hin,
Geh Lore! – Gott befohlen
Sei dein berückter Sinn.

Du sollst ein Nönnchen werden,
Ein Nönnchen schwarz und weiß,
Bereite dich auf Erden
Zu deines Todes Reis'.«

Zum Kloster sie nun ritten,
Die Ritter alle drei,
Und traurig in der Mitten
Die schöne Lore Lay.

»O Ritter laßt mich gehen,
Auf diesen Felsen groß,
Ich will noch einmal sehen
Nach meines Lieben Schloß.

Ich will noch einmal sehen
Wohl in den tiefen Rhein,
Und dann ins Kloster gehen
Und Gottes Jungfrau sein.«

Der Felsen ist so jähe,
So steil ist seine Wand,
Doch klimmt sie in die Höhe,
Bis daß sie oben stand.

Es binden die drei Ritter,
Die Rosse unten an,
Und klettern immer weiter,
Zum Felsen auch hinan.

Die Jungfrau sprach: »da gehet
Ein Schifflein auf dem Rhein,
Der in dem Schifflein stehet,
Der soll mein Liebster sein.

Mein Herz wird mir so munter,
Er muß mein Liebster sein!« –
Da lehnt sie sich hinunter
Und stürzet in den Rhein.

Die Ritter mußten sterben,
Sie konnten nicht hinab,
Sie mußten all verderben,
Ohn Priester und ohn Grab.

Wer hat dies Lied gesungen?
Ein Schiffer auf dem Rhein,
Und immer hats geklungen
Von dem drei Ritterstein:*

Lore Lay
Lore Lay
Lore Lay

Als wären es meiner drei.

Ich wollt ein Sträußlein binden,
Da kam die dunkle Nacht,
Kein Blümlein war zu finden,
Sonst hätt ich dir's gebracht.

Da flossen von den Wangen
Mir Tränen in den Klee,
Ein Blümlein aufgegangen
Ich nun im Garten seh.

Das wollte ich dir brechen
Wohl in dem dunklen Klee,
Doch fing es an zu sprechen:
»Ach tue mir nicht weh!

Sei freundlich in dem Herzen,
Betracht dein eigen Leid,
Und lasse mich in Schmerzen
Nicht sterben vor der Zeit.«

* Bei Bacharach steht dieser Felsen, Lore Lay genannt, alle vorbeifahrende Schiffer rufen ihn an und freuen sich des vielfachen Echos.

Und hätt's nicht so gesprochen,
Im Garten ganz allein,
So hätt ich dir's gebrochen,
Nun aber darf's nicht sein.

Mein Schatz ist ausgeblieben,
Ich bin so ganz allein.
Im Lieben wohnt Betrüben,
Und kann nicht anders sein.

Nach Sevilla, nach Sevilla,
Wo die hohen Prachtgebäude
In den breiten Straßen stehen,
Aus den Fenstern reiche Leute,
Schön geputzte Frauen sehn,
Dahin sehnt mein Herz sich nicht!

Nach Sevilla, nach Sevilla,
Wo die letzten Häuser stehen,
Sich die Nachbarn freundlich grüßen,
Mädchen aus dem Fenster sehn,
Ihre Blumen zu begießen,
Ach, da sehnt mein Herz sich hin!

In Sevilla, in Sevilla
Weiß ich wohl ein reines Stübchen,
Helle Küche, stille Kammer,
In dem Hause wohnt mein Liebchen,
Und am Pförtchen glänzt ein Hammer.
Poch ich, macht die Jungfrau auf!

Guten Abend, guten Abend –
Lieber Vater, setzt euch nieder,
Ei, wo seid ihr dann gewesen?
Und dann singt sie schöne Lieder,
Kann so hübsch in Büchern lesen,
Ach! und ist mein einzig Kind.

Die Liebe lehrt
Mich lieblich reden,
Da Lieblichkeit
Mich lieben lehrte.

Arm bin ich nicht
In Deinen Armen,
Umarmst du mich
Du süße Armut.

Wie reich bin ich
In Deinem Reiche,
Der Liebe Reichtum
Reichst du mir.

O Lieblichkeit!
O reiche Armut!
Umarme mich
In Liebesarmen.

Hör, es klagt die Flöte wieder,
Und die kühlen Brunnen rauschen.

Golden wehn die Töne nieder,
Stille, stille, laß uns lauschen!

Holdes Bitten, mild Verlangen,
Wie es süß zum Herzen spricht!

  Durch die Nacht, die mich umfangen,
  Blickt zu mir der Töne Licht.

Wie sich auch die Zeit will wenden, enden
Will sich nimmer doch die Ferne,
Freude mag der Mai mir spenden, senden
Möcht Dir alles gerne, weil ich Freude nur erlerne,
Wenn Du mit gefaltnen Händen
Freudig hebst der Augen Sterne.

Alle Blumen mich nicht grüßen, süßen
Gruß nehm ich von Deinem Munde.
Was nicht blühet Dir zu Füßen, büßen
Muß es bald zur Stunde, eher ich auch nicht gesunde,
Bis Du mir mit frohen Küssen
Bringest meines Frühlings Kunde.

Wenn die Abendlüfte wehen, sehen
Mich die lieben Vöglein kleine
Traurig an der Linde stehen, spähen
Wen ich wohl so ernstlich meine, daß ich helle
Tränen weine,
Wollen auch nicht schlafen gehen,
Denn sonst wär ich ganz alleine.

Vöglein euch mag's nicht gelingen, klingen
Darf es nur von ihrem Sange,
Wie des Maies Wonneschlingen, fingen
Alles ein in neuem Zwange; aber daß ich Dein
verlange
Und Du mein, mußt Du auch singen,
Ach das ist schon ewig lange.

Wenn ich ein Bettelmann wär
Käm ich zu Dir,
Säh Dich gar bittend an
Was gäbst Du mir? –

Der Pfennig hilft mir nicht
Nimm ihn zurück,
Goldner als golden glänzt
Allen Dein Blick;

Und was Du allen gibst
Gebe nicht mir
Nur was mein Aug begehrt
Will ich von Dir.

Bettler wie helf ich Dir? –
Sprächst Du nur so,
Dann wär im Herzen ich
Glücklich und froh.

Laufst auf Dein Kämmerlein
Holst ein Paar Schuh
Die sind mir viel zu klein,
Sieh einmal zu. –

Sieh nur wie klein sie sind
Drücken mich sehr,
Jungfrau süß lächelst Du
O gib mir mehr.

Lieb und Leid im leichten Leben
Sich erheben, abwärts schweben,
Alles will das Herz umfangen,
Nur Verlangen, nie erlangen,

In dem Spiegel all ihr Bilder,
Blicket milder, blicket wilder,
Kann doch Jugend nichts versäumen
Fort zu träumen, fort zu schäumen.

Frühling soll mit süßen Blicken
Mich entzücken und berücken,
Sommer mich mit Frucht, und Mirten,
Reich bewirten, froh umgürten.

Herbst du sollst mich Haushalt lehren,
Zu entbehren, zu begehren,
Und du Winter lehr mich sterben,
Mich verderben, Frühling erben,

Wasser fallen um zu springen,
Um zu klingen, um zu singen,
Schweig ich stille, wie und wo?
Trüb und froh, nur so, so!

Am Rheine schweb ich her und hin
Und such den Frühling auf
So schwer mein Herz, so leicht mein Sinn
Wer wiegt sie beide auf.

Die Berge drängen sich heran,
Und lauschen meinem Sang,
Sirenen schwimmen um den Kahn,
Mir folget Echoklang.

O halle nicht, du Widerhall,
O Berge kehrt zurück,
Gefangen liegt so eng und bang
Im Herzen Liebesglück.

Sirenen tauchet in die Flut,
Mich fängt nicht Lust nicht Spiel,
Aus Wasserskühle trink ich Glut,
Und ringe froh zum Ziel.

O wähnend Lieben, Liebes Wahn,
Allmächtiger Magnet,
Verstoße nicht des Sängers Kahn,
Der stets nach Süden geht.

O Liebes Ziel so nah so fern,
Ich hole dich noch ein,
Die Frommen führt der Morgenstern,
Ja all zum Krippelein.

Geweihtes Kind erlöse mich,
Gib meine Freude los,
Süß Blümlein ich erkenne dich,
Du blühest mir mein Los,

In Frühlingsauen sah mein Traum
Dich Glockenblümlein stehn,
Vom blauen Kelch zum goldnen Saum,
Hab ich zu viel gesehn,

Du blauer Liebeskelch in dich
Sank all mein Frühling hin,
Vergifte mich, umdüfte mich,
Weil ich dein eigen bin.

Und schließest du den Kelch mir zu
Wie Blumen abends tun,
So lasse mich die letzte Ruh
Zu deinen Füßen ruhn.

1.

Es sang vor langen Jahren
Wohl auch die Nachtigall,
Das war wohl süßer Schall
Da wir zusammen waren

2.

Ich sing und kann nicht weinen
Und spinne so allein,
Den Faden klar und rein
So lang der Mond wird scheinen

3.

Da wir zusammen waren
Sang süß die Nachtigall
Nun mahnet mich ihr Schall
Daß du von mir gefahren

4.

So oft der Mond mag scheinen,
Gedenk ich dein allein,
Mein Herz ist klar und rein,
Gott wolle uns vereinen

5.

Seit du von mir gefahren
Singt stets die Nachtigall
Ich denk bei ihrem Schall
Wie wir zusammen waren

6.

Gott wolle uns vereinen,
Hier spinn ich so allein,
Der Mond scheint klar und rein,
Ich sing und möchte weinen.

Die Rose blüht, ich bin die fromme Biene,
Die in der Blätter keuschen Busen sinkt,
Und milden Tau und süßen Honig trinkt,
Doch lebt ihr Glanz und bleibet ewig grüne.
So singt mein tiefstes Freudenlied,
Ach meine Rose blüht!

Die Rose blüht, o Sonnenschein verziehe,
Daß lange noch der liebe Sommer währt,
Und mir kein Sturm die süße Lust versehrt,
Daß all mein Heil aus dieser Rose blühe
So freut sich innig mein Gemüt,
Weil meine Rose blüht!

Die Rose blüht, und lacht vor andern Rosen,
Mit solcher Huld, und Liebesmildigkeit,
Daß gern mein Sinn sich zu der Pflicht erbeut,
Mit andern Blumen nie mehr liebzukosen,
Weil alle Liebe, die erglüht,
Aus *dir du Rose* blüht!

Aus Köllen war ein Edelknecht
Um Botschaft ausgegangen
Den Vater hielt ihm Engelbrecht
Der Bischof hart gefangen.

Er ging gen Arle manchen Tag
Er ging in schweren Sorgen,
Sein Liebchen ihm im Sinne lag,
Der hätt er es verborgen,

Ganz traurig er am Brunnen lag,
In Busch und grünen Hecken,
Da hört er schallen Hufesschlag,
Und ging sich zu verstecken.

Er sah da einen frohen Mann
Sein Roß zur Quelle lenken,
Ein andrer ritt betrübt heran,
Sein Pferd am Born zu tränken.

Betrübter Mann! der frohe sprach
Gott woll dir Trost verleihen!
O froher Mann! der andre sprach
was mag dich so erfreuen!

Herr Gottschalk, sprach der frohe Mann
Geht frei aus seinen Banden,
Durch ein Mirakel er entrann
Mit allen den Verbannten.

Er hatte eine kleine Maus
Im Kerker zahm erzogen,
Die ging da freundlich ein und aus,
Und war ihm gar gewogen.

Doch einst sein kleiner Freund entlief,
Und wollte nicht mehr kehren,
Herr Gottschalk ihr gar traurig rief
Das Mauslein wollt nicht hören.

Das schmerzte den getreuen Mann,
Sein Mauslein wollt er haben,
Mit seinen Freunden er begann,
Nach ihrem Freund zu graben.

Und in der Erde eingescharrt
Fand Meißel er und Feilen,
Womit er ihre Bande hart,
Gar leichtlich konnt zerteilen.

Der andre sprach, mein Schwesterlein
Es liegt gar schwer gefangen,
Und selbst das treue Mauslein dein
Könnt nicht zu ihr gelangen.

Des Schlosses Dach ist himmelblau,
Die Mauren grüne Wellen,
Die Graben rings sind Flur und Au,
Die Fenster Fluß und Quellen.

Der süße Knecht die Liebe brach
In ihres Herzens Kammer,
Ihm stürzten die Gesellen nach,
Der Schmerz und böser Jammer

Die Liebe blies das Lämpchen aus
Die Schmerzen sie bezwangen,
Und legten sie ins kühle Haus
Wohl auf den Tod gefangen.

Am Fels so wild der Rhein zerschellt,
Wo bös die Schiffe stranden,
Dort ewig sie gefangen hält
Der Schlund in kühlen Banden.

Ein Freund des Bischofs sie belog,
Herr Hermann sei erschlagen,
Der insgeheim aus Köllen zog
Den Vater zu erfragen.

Dann zaumten sie [die] Rosse auf
Und rüsten sich zu scheiden
Und gaben sich den Handschlag drauf
Den Bischof zu bestreiten.

Und da sie aus dem Walde schon,
Trat wieder zu der Quelle
Hermann des treuen Gottschalks Sohn
Der traurige Geselle.

Er schrie hinab zum Wasserschloß,
Wo bös die Schiffe stranden,
Wer macht mein Lieb von Fesslen los,
Wer löset ihr die Banden,

Lebwohl lebwohl Herr Vater mein,
Leb frei in großen Ehren,
Ich hab verlorn das Mäuslein klein,
Das tut mich gar beschweren,

Lebwohl lebwohl, o Kerker mein
Das Mäuslein ist verloren,
Mein Schwert muß meine Feile sein,
Da tät er sich durchbohren

Und stürzt hinab ins kühle Haus,
Wo Liebchen liegt gefangen,
O Liebchen breit die Arme aus
Ihn treulich zu umfangen.

Und läg gefangen im kühlen Haus
Die mich so hart betrogen,
Sie hätte, eh dies Liedchen aus
Mich auch hinab gezogen –.

Kaum hörst du auf, so fang ich an,
Dich erst recht zu vermissen,
Ich habe ein Gelübd getan,
Kein andres Weib zu küssen

Gewaltig, regt es sich in mir,
Zu leben und zu lieben,
O süße Frau wär ich bei dir,
Ich wollt dich nicht betrüben.

Du letzter Preis von Lieb und Lust,
Wie konnte ich dich quälen,
Ach hätt ich jemals was gewußt,
Wie könnt ich dann erzählen.

Die Lippe schließt der Liebe Kuß,
Ich hab ihn nie empfangen,
Es rühmt sich nur der Überdruß,
Es seufzt nur das Verlangen.

Kaum hörst du auf, so fang ich an
Versäumnis muß ich büßen,
O wandelte die Lust mich an
Ein andres Weib zu küssen.

Mein Kuß ist jung, mein Kuß ist alt,
Ich küß mit weisen Listen,
Es würde Liebe und Gewalt
Die Untreu dir nicht fristen

So lebe wohl, verzeihe dir!
Die keusche Bahn zu wandlen,
Ich lebe wohl, verzeihe mir,
Im Traum Dich zu –
mißhandlen.

Es setzten zwei Vertraute
Zum Rhein den Wanderstab,
Der braune trug die Laute,
Das Lied der blonde gab.

Es stehet im Abendglanze
Ein freies heiliges Haus
Da sehen mit schimmernden Augen
Viel Knaben und Jungfraun heraus,
Dort hab ich mein Liebchen gesehen
Ein freundliches zierliches Kind,
Sie konnte wohl schweben und drehen,
Wie fallende Blüten im Wind

Und die in dem Hause wohnen
Sind heilig und wissen es nicht
Sie leben mit Kränzen und Kronen
Alltäglich ein neues Gedicht
Sie sind gleich den Göttern und handlen
Wohl täglich in andrer Gestalt,
Mein Liebchen wird auch sich verwandlen

O Liebchen, wo bist du geblieben,
Ich steh vor dem schimmernden Haus,
Und will dich bescheiden nur lieben
O Liebchen o sehe heraus
Ich will dein pflegen und warten,
Im Herzen so treu, als ich kann,
Da seh ich dich sitzen im Garten
Wohl bei einem reichen Mann.

So kauf ich mir Rechen und Spaten
Bind mir ein grün Schürzelein vor
Und poche wohl als ein Gärtner
An des reichen Mannes Tor
Tu auf, tu auf den Garten,
Ich will dir wohl ohne Sold
Die Blumen all pflegen und warten
Sie sind ja mein Silber und Gold.

So sei mir o Gärtner willkommen
Zieh hoch die Blumen mir
Zieh lang sie zu blühenden Ketten
Ich habe ein Vögelchen hier,
Zieh hoch und dicht eine Laube
Zieh mir ein Gitterhaus
Daß keiner mein Vogelchen raube,
Und es nicht fliege aus,

Da klingt wohl sanft und süße
Im Garten ein heilig Lied
Die Bäume senden Grüße,
Die Blume lauschend blüht,
Da seh ich mein Liebchen so weinen,
So blicken zu mir herauf,
Die Sonne will nicht mehr scheinen,
Die Blumen sie gehen nicht auf.

So hast du dann verlassen
Der Götter freies Haus
Der Locken Gold muß blassen,
Der Augen Licht geht aus
O Liebchen o sei nicht so munter,
Du hast vergeudet dein Los,
Dein Sternlein, es ging ja unter
Tief in des Meeres Schoß

Ans Meer will ich mich stellen
Betrübt im Abendschein,
Und sehen, wie in die Wellen
Versinkt dein Sternelein,
Und niedersehn und weinen,
Die Tränen all hinab,
Sie wollen sich ja vereinen
Mit deines Sternes Grab.

Dies Lied hab ich ersonnen
Wohl vor dem Zauberhaus,
Das glänzt in der Abendsonnen,
Du blickst nicht mehr heraus
Als Jugend um Liebe mußt brennen
In irrem Liebeswahn,
Da konnte sie ihn nicht erkennen,
Und blickte so hell ihn doch an.

Süßer Mai du Quell des Lebens
Bist so süßer Blumen voll
Liebe sucht auch nicht vergebens
Wem sie Kränze winden soll

Süßer Mai, mit Blumen-Glocken
Läutest du das Fest mir ein
Ich bekränze ihre Locken,
Will ein frommer Gast auch sein

Süßer Mai, zum Liebesmahle
Trägst du Blumen-Kelche ein
Blüten-Säulen stehn im Saale
Drüber wölbt sich Sonnenschein

Süßer Mai, in deinen Kelchen
Küssen fromme Bienen sich
Aber unter allen welchen
Hast du eingefüllt für mich!

Süßer Mai! du bringest nieder
Blume, Blüte, Sonnenschein,
Daß ich wisse, wem die Lieder,
Wem das Herz, das Leben weihn.

Ich wohnte unter vielen vielen Leuten
Und sah sie alle tot und stille stehn,
Sie sprachen viel von hohen Lebensfreuden
Und liebten, sich im kleinsten Kreis zu drehn;
So war mein Kommen schon ein ewig Scheiden
Und jeden hab ich einmal nur gesehn,
Denn nimmer hielt mich's, flüchtiges Geschicke
Trieb wild mich fort, sehnt ich mich gleich zurücke.

Und manchem habe ich die Hand gedrücket,
Der freundlich meinem Schritt entgegensah,
Hab in mir selbst die Kränze all gepflücket,
Denn keine Blume war, kein Frühling da,
Und hab im Flug die Unschuld mit geschmücket,
War sie verlassen meinem Wege nah;
Doch ewig ewig trieb mich's schnell zu eilen,
Konnt niemals nicht des Werkes Freude teilen.

Rund um mich war die Landschaft wild und öde,
Kein Morgenrot, kein goldner Abendschein,
Kein kühler Wind durch dunkle Wipfel wehte,
Es grüßte mich kein Sänger in dem Hain;
Auch aus dem Tal schallt keines Hirten Flöte,
Die Welt schien mir in sich erstarrt zu sein.
Ich hörte in des Stromes wildem Brausen
Des eignen Fluges kühne Flügel sausen.

Nur in mir selbst die Tiefe zu ergründen,
Senkt ich ins Herz mit Allgewalt den Blick;
Doch nimmer konnt es eigne Ruhe finden,
Kehrt trübe in die Außenwelt zurück,
Es sah wie Traum das Leben unten schwinden,
Las in den Sternen ewiges Geschick,
Und rings um mich ganz kalte Stimmen sprachen:
»Das Herz, es will vor Wonne schier verzagen.«

Ich sah sie nicht die großen Süßigkeiten,
Vom Überfluß der Welt und ihrer Wahl
Mußt ich hinweg mit schnellem Fittich gleiten.
Hinabgedrückt von unerkannter Qual,
Konnt nimmer ich den wahren Punkt erbeuten
Und zählte stumm der Flügelschläge Zahl,
Von ewigen unfühlbar mächtgen Wogen
In weite weite Ferne hingezogen.

Es saß der Meister vom Stuhle,
Gar frech im eignen Kot,
Wer wagt sich zu dem Pfuhle,
Es tun ihm Prügel not,

Wer schmeißt mich über und über,
Wer bläst das Licht mir aus,
Wer gibt mir Nasenstüber,
Wer schickt mich recht nach Haus.

Und kömmt er einst zum sterben,
So stirbt sein ganzes Reich,
Die Frösche all verderben,
Krepiert er in dem Teich.

Er saß einst an der Saale,
Nun sitzt er auf dem Sand,
Und hat bei seinem Mahle
Die Esel all zur Hand.

Da sitzt er, keiner frecher,
Und platzet fast vor Wut,
Und reicht den giftigen Becher
Sich selbst und seiner Brut.

Wir sehn ihn platzen, sinken
Und stinken in eigner Schmer,
Laßt ihn nur aus sich stinken,
Dann stinkt es nimmermehr.

Gesang der Liebe als sie geboren war

O Mutter halte dein Kindlein warm
Die Welt ist kalt und helle,
Und leg es sanft in deinen Arm
An deines Herzens Schwelle.

Leg still es wo dein Busen bebt
Und hold herabgebücket,
Harr liebvoll, bis es die Äuglein hebt,
Zum Himmel selig blicket.

Du strahlender Augenhimmel du,
Du taust aus Mutteraugen
Ach Herzenspochen, ach Lust, ach Ruh!
An deinen Brüsten saugen.

Ich schau zu dir, so Tag als Nacht
Muß ewig zu dir schauen
Du mußt mir, die mich zur Welt gebracht,
Auch eine Wiege bauen.

Um diese Wiege laß Seide nicht,
Laß deinen Arm sich schlingen
Und nur deiner milden Augen Licht
Laß zu mir nieder dringen.

Und in deines keuschen Schoßes Hut
Sollst du dein Kindlein schaukeln,
Daß deine Worte so mild so gut
Wie Träume es umgaukeln.

Da träumt mir, wie ich so ganz allein,
Gewohnt dir unterm Herzen
Wie nur die Freuden und Leiden dein
Mich freuten und mich schmerzten.

Oft rief ich dir, komm! o Mutter komm!
Kühl dich in Liebeswogen,
Da fühltest du dich so sanft, so fromm
Zu dir hinabgezogen,

Mit meiner Seele hielt treu und warm
Ich dich in dir umschlungen,
Und hab dir kindisch Sorg und Harm
In Liedern weggesungen.

Was heilig in dir zu aller Stund,
Das bin ich all gewesen
O küß mich süßer Mund gesund,
Weil du an mir genesen.

So lallt zu dir mein frommes Herz,
Und nimmer lernt es sprechen,
Blickt ewig zu dir, blickt himmelwärts
Und möcht in Freude brechen,

Bricht's nicht in Freud', bricht's doch in Leid,
Bricht es uns alle beiden
Denn Wiedersehn geht fern und weit,
Und nahe geht das Scheiden.

O Mutter halte dein Kindlein warm
Die Welt ist kalt und helle
Und leg es leis, bist du zu arm,
Hin an des Grabes Schwelle.

Leg es in Linnen, die du gewebt,
Zu Blumen, die du gepflücket,
Stirb mit, daß wenn's die Äuglein hebt,
Bei Gott es dich erblicket.

Süßer Maie Blütenjunge
Bring ihr blühnde Friedenszweige,
Bitte sie mit süßer Zunge,
Daß sie dir die Blume zeige
Der sie gerne mag vertrauen
In den Busen ihr zu blicken.
Und dann will ich auf den Auen
Einen lieben Kranz ihr pflücken,
Will die Blumen sprechen lehren
»Wolle Huld der Schuld gewähren,
Die schon harte Straf erlitte.«

Laß rauschen Lieb, laß rauschen

(Mündlich)

Ich hört ein Sichlein rauschen,
Wohl rauschen durch das Korn,
Ich hört ein Mägdlein klagen,
Sie hätt ihr Lieb verlorn.

Laß rauschen Lieb, laß rauschen,
Ich acht nicht, wie es geht,
Ich tät mein Lieb vertauschen
In Veilchen und im Klee.

Du hast ein Mägdlein worben
In Veilchen und im Klee,
So steh ich hier alleine,
Tut meinem Herzen weh.

Ich hör ein Hirschlein rauschen
Wohl rauschen durch den Wald,
Ich hör mein Lieb sich klagen,
Die Lieb verrauscht so bald.

Laß rauschen, Lieb, laß rauschen,
Ich weiß nicht, wie mir wird,
Die Bächlein immer rauschen,
Und keines sich verirrt.

St. Meinrad

Graf Berthold von Sulchen, der fromme Mann,
Er führt sein Söhnlein an der Hand;
Meinrad, mein Söhnlein von fünf Jahren,
Du mußt mit mir gen Reichenau fahren.

Hatto, Hatto, nimm hin das Kind,
Alle lieben Engelein mit ihm sind;
Die geistlich Zucht mag er wohl lernen,
Und mag ein Spiegel der Münche werden.

Er ging zur Schul barfuß ohne Schuh;
Und legt die geistlich Kunst sich zu;
Die Weisheit kam ihm vor der Zeit,
Da ward er zu einem Priester geweiht.

Da schickt ihn Hatto auf den Zürcher See,
Daß er ins Klösterlein bei Jona geh;
Bei Jona zu Oberpollingen,
Da lehrt er die Münch beten und singen.

Da er lange ihr Schulmeister war,
Und ihn die Brüder ehrten gar;
Tät er oft an dem Ufer stehen,
Und nach dem wilden Gebirg hinsehen.

Sein Gewissen zog ihn zur Wüste hin,
Zur Einsamkeit stand all sein Sinn;
Er sprach zu einem Münch: Mein Bruder,
Rüst uns ein Schifflein und zwei Ruder.

Über See zur Wildnis zur Wüstenei,
Hab ich gehört gut fischen sei;
Da gehn die Fischlein in den einsamen Bächen! –
Ja Herr, mein Meister, der Münch tät sprechen.

Sie fuhren gen Rapperswyl über See,
Zu einer frommen Wittib sie da gehn;
Bewahr uns die Gewand, sie zur ihr sprechen,
Daß sie uns nicht in der Wildnis zerbrechen.

Sankt Meinrad und der Bruder gut,
Sie folgten wohl der Bächlein Flut:
Sie fischten hinan in dem Flüßlein Sille,
Bis in die Alp gar wild und stille.

O Herr und Meister, lieber Sankt Meinrad,
Wir haben Fischlein schon mehr als satt;
Noch nit genug Meinrad da saget,
Steigt, wo der Finsterwald herraget.

Und da sie gegangen den dritten Tag
Im finstern Wald eine Matte lag;
Ein Born da unter Steinen quillet,
Da hat Sankt Meinrad den Durst gestillet.

Nun lieber Bruder, nun ist's genug,
Gen Rapperswyl die Fisch er trug;
Die fromm Wittib stand vor der Pforten,
Und grüßt die Münch mit frohen Worten.

Willkomm, willkomm, ihr bleibt schier lang,
Die reißende Tier, die machten mich bang;
Die Fisch, die tät sie braten und sieden,
Die aßen sie in Gottes Frieden.

Frau hört mich an durch Gott den Herrn! –
Die Wittib sprach: Das tu ich gern!
Ein armer Priester hat das Begehren,
Sein Leben im Finsterwald zu verzehren.

Nun sprecht, ob hier ein Frommer leb,
Der ihm ein klein Almosen geb;
Sie sprach: Ich bin allein allhiere,
Ich werd ihm ein Almoseniere.

Da tät Sankt Meinrad ihr vertrauen,
Daß er sich wollt ein Zelle bauen;
Und kehrt nach Oberpollingen,
Tät noch ein Jahr da beten und singen.

Aber die Einsamkeit drängt ihn sehr,
Er hat kein ruhig Stund da mehr;
Und eilt nach Rapperswyl zu der Frauen,
Die ließ ihm da seine Zelle bauen.

Am Etzel wohnt er sieben Jahr,
Viel fromme Leut die kamen dar;
Seine Heiligkeit macht groß Geschrei,
Und zog da gar viel Volks herbei.

Solch weltlich Ehr bracht ihm viel Schmerz,
Sein Hüttlein rückt er waldeinwärts;
Zum finstern Wald, wo das Brünnlein quillet,
Das ihm einst seinen Durst gestillet.

Und wenn er sich das Holz abhaut,
Daraus er seine Zelle baut;
Find't er ein Nest mit jungen Raben,
Die tät er da mit Brot erlaben.

Die fromm Frau auch von Rapperswyl
Schickt ihm Almosen ein gut Teil;
So lebt er während funfzehn Jahren,
Sein Freund die beiden Raben waren.

Von Wollrau war ein Zimmermann,
Der kam da zu dem Wald heran;
Und bat auch den St. Meinrad eben,
Sein Kindlein aus der Tauf zu heben.

Da ging St. Meinrad hinab ins Land,
Dem Zimmermann zur Taufe stand;
Und kam da wieder zu vielen Ehren,
Das täten zwei böse Mörder hören.

Peter und Reinhard dachten wohl,
St. Meinrads Opferstock wär voll;
Und wie sie zum Finsterwald eintreten,
Die Raben schreien in großen Nöten.

St. Meinrad las die Meß zur Stund,
Der Herr tät ihm sein Stündlein kund;
Da betet er aus ganzer Seele,
Daß ihn der Himmel auserwähle.

Die Mörder schlagen an die Tür:
Du böser Münich tret herfür;
Tu auf, gib uns dein Geld zusammen,
Sonst stecken wir dein Haus in Flammen.

Im Finsterwald schallt's ganz verworrn,
Die Raben mehren ihren Zorn;
Um ihre Häupter sie wütend kreisen,
Nach ihren Augen hacken und beißen.

St. Meinrad sanft zu ihnen tritt,
Bringt ihnen Brot und Wasser mit;
Eßt, trinkt, ihr Gäste, seid willkommen,
Dann tut, warum ihr hergekommen.

Der Reinhard sprach: Warum komm ich?
St. Meinrad sprach: Zu töten mich;
Da schrien sie beide: Kannst du es wissen?
So werden wir's vollbringen müssen.

Nun gib dein Silber und all dein Gut! –
Da schlugen sie ihn wohl aufs Blut;
Und da sie seine Armut sahen,
Täten sie ihn zu Boden schlagen.

Da sprach der liebe Gottesmann:
Ihr lieben Freund, nun hört mich an;
Zünd't mir ein Licht zu meiner Leiche,
Dann eilt, daß euch kein Feind erreiche.

Der Peter ging da zur Kapell,
Zu zünden an die Kerze hell;
Die tät durch Gott von selbst erbrennen,
Die Mörder da ihr Schuld erkennen.

Die Kerze brennt an seiner Seit,
Ein Wohlgeruch sich auch verbreit;
Sein Seel tät zu dem Himmel ziehen,
Die Mörder da erschrocken fliehen.

Aber die frommen Raben beid,
Die gaben ihnen bös Geleit;
Um ihre Häupter sie zornig kreisen,
Und ihnen Haar und Stirn zerreißen.

Durch Wollrau kamen sie gerannt,
Der Zimmermann die Raben kannt;
Da tät er seinen Bruder bitten,
Zu folgen ihren wilden Schritten.

Indes lief er in den Finsterwald,
Sucht seinen lieben Gevatter bald;
Der lag erschlagen auf grüner Heide,
Die Kerze brannt an seiner Seite.

Er küßt ihn auf den blutgen Mund,
Hüllt in den Mantel ihn zur Stund;
Legt weinend ihn in die Kapelle,
An seines heilgen Altars Schwelle.

Und eilt herunter in das Land,
Sein Jammer allen macht bekannt;
Und schickt hinauf sein Kind und Frauen,
Nach ihrem heilgen Freund zu schauen.

Die Mörder fand er im Wirtshaus,
An der Schifflande zu Zürich drauß;
Die Raben stießen die Fenster ein,
Und warfen um das Bier und Wein.

Die Mörder man ergriff und band,
Ihr Schuld, die haben sie bekannt;
Und bis hin auf den Scheiterhaufen,
Die Raben sie wohl hacken und raufen.

Der Abt zu Reichenau da hört,
Der fromm St. Meinrad sei ermörd't;
Schickt auch mit Licht und Fahn viel Brüder,
Zu holen des St. Meinrads Glieder.

Und da der Leib zum Etzel kam,
Wo er gewohnt der heilge Mann;
Da war der Sarg nicht zu bewegen,
Sie mußten ihn da niederlegen.

Sein heilig Herz und Ingeweid
Sie da begruben zu der Zeit;
Den Leib sie dann mit Beten und Singen
Nach Reichenau zur Kirche bringen.

Wo er gestorben und gelebt,
Das Kloster Einsiedeln sich erhebt;
Für fromme Pilger ein Wunderquelle,
Quillt dort in St. Meinrads Kapelle.

Trippel Trippel trap, trab, trap
Heut schließ ich die Tür nicht ab
Wenn ich dich erst bei mir hab
Küß ich dich recht tüchtig ab.

Weck mir nicht die Mutter auf
Nur nicht hust, nicht nies, nicht schnauf,
Nicht zu stolz renn mir herauf,
Wer hoffärtig fällt leicht drauf.

Weck mir nicht die Martinsgans,
Tritt dem Hund nicht auf den Schwanz,
Schleiche wie der Mondenglanz,
Wie ein Floh im Hochzeitskranz

Stoß mir nicht die Kübel um
Liebster Schatz, ich bitt dich drum
Rumpelt er rumpidipum
Liebster Schatz, das wäre dumm

Und vor allem ich dich bitt
Auf der Treppe in der Mitt
Mache einen großen Schritt
Von vier Stufen fehlt die dritt

In das Maul nimm deine Schuh
Kömmt die Magd, so fahr drauf zu
Dann glaubt sie, du seist Wu Wu
Kriecht ins Bett und läßt uns Ruh.

Gehe links, ach geh nicht recht
Sonst kömmst du zum Oberknecht
Und da kriegst du ein Gefecht
Und der Jockel schmeißt nicht schlecht

Steig auch nicht bis unters Dach
Kömmst [sonst] in das Taubenfach,
Da wird gleich mein Bruder wach,
Eilet schnell dem Marder nach.

Bist du vor der Kammertür
Klage deinen Jammer mir,
Dann schieb ich die Klammer für
Schrei, wer ist, Potz Hammer, hier.

Und da wachet alles auf
Mutter, Bruder, Knecht im Lauf
Nahn, es wird 'ne Prügeltrauf.
Besser als 'ne Kindertauf!

Doch es ging 'nen andern Gang,
Mutter nach neun Monden sang,
Mädel, 's wird mir angst und bang,
Sonst war ja dein Röckchen lang.

Über eine Skizze

Verzweiflung an der Liebe in der Liebe

In Liebeskampf? In Todes Kampf gesunken?
Ob Atem noch von ihren Lippen fließt?
Ob ihr der Krampf den kleinen Mund verschließt?
Kein Öl die Lampe? oder keinen Funken?

Der Jüngling – betend? tot? in Liebe trunken?
Ob er der Jungfrau höchste Gunst genießt?
Was ist's, das der gefallne Becher gießt?
Hat Gift, hat Wein, hat Balsam sie getrunken.

Des Jünglings Arme, Engelsflügel werden –
Nein Mantelsfalten – Leichentuches Falten.
Um sie strahlt Heilgen Schein – zerraufte Haare.

Strahl' Himmels Licht, flamm' Hölle zu der Erde
Brich der Verzweiflung rasende Gewalten,
Enthüll' – Verhüll' – das Freudenbett – die Bahre.

Nicht alle wissen so wie du zu schauen
Du Landschaftsmaler bei dem Doktor Faust,
Der du den Hexen Nebelbrücken baust
Durch winterlichen Kirchhofs frostig Grauen

Die Münche ziehn zur Gruft, es scheint zu tauen
Der kahle Baum greift in die Nacht, es saust
Ein kalter Wind, und unterirdisch haust
In Trümmern tief ein Kreuz, und gibt Vertrauen

Zwei Lichter schimmern irre bei der Wahrheit
(Die Totenkreuze starren auf den Hügeln)
Gefroren ist der Atem, den man hauchet
Zu ernst zum fliehen und zu kalt zum knien
(Und oben liegt des Himmels blaue Klarheit)

Du gleichst der Schwalbe, die mit grauen Flügeln
Den Himmel streift, die Brust ins Wasser tauchet
Warum willst du denn nimmer mit ihr ziehen.

Du Herrlicher! den kaum die Zeit erkannt,
Der wie ein schuldlos Kind
Begeistert fromm die treue keusche Hand
Nach Gottes Flamme streckte,
Der für das Eitle blind
Ohn umzuschaun zur Wiege alter Kunst
Durch neuer Lüge Götzentempel drang,
Und stillanschaund die Göttliche erweckte.
Sie lächelte und nannte dich den Ihren,
Der ihr die irdschen Kränze so bedeutend schlang
Und wollte dich, mit ihr zu triumphieren
Zum selgen Born von allem Lichte führen.

Wer dich geliebt, verstand den schönen Traum,
Den du im Himmel träumtest, dessen Schatten
Auf unsrer dunklen Erde lichten Saum
Weissagend niederfiel. –
Dein Künstlerwerk, es schien ein zierlich Spiel,
Es rankte blumig auf und betend vor der Sonne
Setzt fromme Kindlein du in süßer Kelche Wonne;
Doch wie im Frühlingstaumel fromm ein Herz
Das Siegsgepräng des ewgen Gottes liest,
Wie in des Lebens ernstem Blumenscherz
Dem Schauenden die Tiefe sich erschließt,
So steht, die Schwester dieser sündentrunknen Zeit,
Vor deinen Bildern glaubend, hoffend, liebend, die
Beschaulichkeit.

O trauert nicht um seinen frühen Tod!
Er lebte nicht, er war ein Morgenrot,
Das in der Zeiten trauriger Verwirrung
Zu früh uns guter Tage Hoffnung bot,
Wer dieser Blüte Früchte konnte ahnen,
Der mußte tief bewußt der eigenen Verirrung,
Der eignen Armut sich beschämend mahnen;
So mußt auch ich, wenn ich sein Werk durchdachte,
Das wie ein Gottentzückter selig lachte,
Zu mir, bewegt in ernster Demut sagen:
Wie sollen die Vollendung wir ertragen?
Und auf dem Babylon rings sah ich ragen,
Die Kreuze frech, den Helden dran zu schlagen.

O trauert nicht um seinen frühen Tod!
Er lebte nicht, er war ein Abendrot,
Verspätet aus verlornen Paradiesen
Ließ täuschend es in unsrer Nächte Not
Die ahndungsreichen Schimmer fließen.

Und wer an seinem Grabe eine Nacht
In Tränen harrt, bis daß der Tag erwacht,
Den seines Lebens Morgenstern verhieß,
Der wird, ist er ein Kind, den Morgen kaum erleben,
Ist er ein frommer Mann, mit ihm, der uns verließ,
Im Tode nur zum neuen Tage schweben.
Die Zeit, sie ist die Nacht, in der wir weinen,
Der Vorzeit Traum, er ist's, den wir verloren,
Der Nachwelt, wird der Tag ihr einst erscheinen,
Lebt unser Freund auf ewig – mir ist er geboren.

Nun, gute Nacht! mein Leben,
Du alter, treuer Rhein!
Deine Wellen schweben
Klar im Sternenschein;
Die Welt ist rings entschlafen,
Es singt den Wolkenschafen
Der Mond ein Lied.

Der Schiffer schläft im Nachen
Und träumet von dem Meer;
Du aber du mußt wachen
Und trägst das Schiff einher;
Du führst ein freies Leben,
Durchtanzest bei den Reben
Die ernste Nacht.

Wer Dich gesehn, lernt lachen;
Du bist so freudenreich,
Du labst das Herz der Schwachen
Und machst den Armen reich,
Du spiegelst hohe Schlösser,
Und füllest große Fässer
Mit edlem Wein.

Auch manchen lehrst du weinen,
Dem du sein Lieb entführt,
Gott wolle die vereinen,
Die solche Sehnsucht rührt;
Sie irren in den Hainen
Und von den Echosteinen
Erschallt ihr Weh.

Und manchen lehret beten
Dein tiefer Felsengrund;
Wer dich im Zorn betreten,
Den ziehst du in den Schlund;
Wo deine Strudel brausen,
Wo deine Wirbel sausen,
Da beten sie.

Mich aber lehrst du singen,
Wenn dich mein Aug ersieht,
Ein freudeselig Klingen
Mir durch den Busen zieht;
Treib fromm nur meine Mühle,
Jetzt scheid ich in der Kühle
Und schlummre ein.

Ihr lieben Sterne decket
Mir meinen Vater zu,
Bis mich die Sonne wecket,
Bis dahin mahle du;
Wird's gut, will ich dich preisen,
Dann sing in höhern Weisen
Ich dir ein Lied.

Nun werf ich dir zum Spiele
Den Kranz in deine Flut,
Trag ihn zu seinem Ziele,
Wo dieser Tag auch ruht;
Gut Nacht! ich muß mich wenden,
Muß nun mein Singen enden,
Gut Nacht! mein Rhein!

Singet leise, leise, leise,
Singt ein flüsternd Wiegenlied,
Von dem Monde lernt die Weise,
Der so still am Himmel zieht.

Denn es schlummern in dem Rheine
Jetzt die lieben Kindlein klein,
Ameleya wacht alleine
Weinend in dem Mondenschein.

Singt ein Lied so süß gelinde,
Wie die Quellen auf den Kieseln,
Wie die Bienen um die Linde
Summen, murmeln, flüstern, rieseln.

Säusle, liebe Myrte!
Wie still ist's in der Welt,
Der Mond, der Sternenhirte
Auf klarem Himmelsfeld,
Treibt schon die Wolkenschafe
Zum Born des Lichtes hin,
Schlaf, mein Freund, o schlafe,
Bis ich wieder bei dir bin.

Säusle, liebe Myrte!
Und träum im Sternenschein,
Die Turteltaube girrte
Auch ihre Brut schon ein.
Still ziehn die Wolkenschafe
Zum Born des Lichtes hin,
Schlaf, mein Freund, o schlafe,
Bis ich wieder bei dir bin.

Hörst du, wie die Brunnen rauschen?
Hörst du, wie die Grille zirpt?
Stille, stille, laß uns lauschen,
Selig, wer in Träumen stirbt;
Selig, wen die Wolken wiegen,
Wem der Mond ein Schlaflied singt;
O! wie selig kann der fliegen,
Dem der Traum den Flügel schwingt,
Daß an blauer Himmelsdecke
Sterne er wie Blumen pflückt:
Schlafe, träume, flieg, ich wecke
Bald dich auf und bin beglückt.

An dem Feuer saß das Kind,
  Amor, Amor,
  Und war blind;
Mit dem kleinen Flügel fächelt
In die Flamme er und lächelt,
Fächle, lächle, schlaues Kind!

Ach, der Flügel brennt dem Kind,
  Amor, Amor
  Läuft geschwind!
»O, wie mich die Glut durchpeinet!«
Flügelschlagend laut er weinet,
In der Hirtin Schoß entrinnt
Hülfeschreind das schlaue Kind.

Und die Hirtin hilft dem Kind
  Amor, Amor,
  Bös und blind.
Hirtin, sieh, dein Herz entbrennet,
Hast den Schelm du nicht gekennet?
Sieh, die Flamme wächst geschwind,
Hüt dich vor dem schlauen Kind!

Die Lilie blüht, ich bin die fromme Biene,
Die in der Blätter keuschen Busen sinkt,
Und süßen Tau und milden Honig trinkt,
Doch lebt ihr Glanz, und bleibet ewig grüne
So [ist] dann selig mein Gemüt
Weil meine Lilie blüht!

Die Lilie blüht, Gott, laß den Schein verziehn,
Damit die Zeit des Sommers langsam geht,
Und weder Frost noch andre Not entsteht,
So wird mein Glück in dieser Lilie blühn,
So klingt mein süßes Freudenlied:
Ach, meine Lilie blüht!

Dein Lied erklang, ich habe es gehöret,
Wie durch die Rosen es zum Monde zog;
Den Schmetterling, der bunt im Frühling flog,
Hast du zur frommen Biene dir bekehret,
Zur Rose ist mein Drang,
Seit mir dein Lied erklang!

Dein Lied erklang, die Nacht hat's hingetragen,
Ach, meiner Ruhe süßes Schwanenlied!
Dem Mond, der lauschend von dem Himmel sieht,
Den Sternen und den Rosen muß ich's klagen,
Wohin sie sich nun schwang,
Der dieses Lied erklang!

Dein Lied erklang, es war kein Ton vergebens,
Der ganze Frühling, der von Liebe haucht,
Hat, als du sangest, nieder sich getaucht
Im sehnsuchtsvollen Strome meines Lebens,
Im Sonnenuntergang,
Als mir dein Lied erklang!

Wohlan! so bin ich deiner los
Du freches lüderliches Weib!
Fluch über deinen sündenvollen Schoß
Fluch über deinen feilen geilen Leib,
Fluch über deine lüderlichen Brüste
Von Zucht und Wahrheit leer,
Von Schand und Lügen schwer,
Ein schmutzig Kissen aller eklen Lüste.
Fluch über jede tote Stunde
Die ich an deinem lügenvollen Munde,
In ekelhafter Küsse Rausch vollbracht,
Fluch über jede gottvergeßne Nacht,
Die ich in deinem frechen Bett erhandelt,
Die ich in toller Liebe überwacht,
Wohl unter deinem Fenster hingewandelt,
Wenn du mit andern in dem Werk befangen,
Mit andrer Lüg an anderm Mund gehangen.
Mein Gott, mein Gott, er will sich mein erbarmen,
Mein Herr hat mich befreit aus deinen Armen,
Wohin dein Gott, der Satan mich geführt;
Drum hab ich nimmer dir dein Herz gerührt,
Und wie ich mochte bitten, mochte flehen,
Kein edles Wort hört ich von dir erstehen,
Du drohst, du elend Weib, dich zu ermorden,
O könntest du's, es stürb dein ganzer Orden,
Doch spar die Mühe nur, denn du bist längstens tot,
Längst faulst du in dir selbst, in Sünd und Lügenkot.
Schneidst du den Hals dir ab
Und springst du in die Spree,
Du findest nie ein Grab
Die Spreu schwimmt in der Höh
Des Todes heiliger Traum
Wird nimmer dich erlösen
Es stirbt ein grüner Baum,
Doch nie ein dürrer Besen.
Zur eignen Rute wirst du noch an deinem Rücken,

Und höchstens reicht dein Leib dir einstens schlechte
Krücken.
Wohlan, du elend Weib, nun sind wir auf der Stelle
Wo wir zuerst uns sahn, ich, du, und dein Geselle,
Ich mein den Teufel, Weib, der deine Seele reitet,
Hör wie sein Flügel rauscht, den über dir er breitet,
Ich hör den dunklen Fluß, es tönt die dumpfe Welle,
Du Lügnerin leb wohl, leb schlecht hier ist die Schwelle,
Wo sich mein reuig Herz, von dir du Hexe scheidet,
Verdorren mag der Fuß, der je dein Bett beschreitet,
Ich hab dich nie gekannt, ich hab dich nie gesehen,
Es war ein böser Traum, er muß hinuntergehen,
Das lüderliche Buch, um das du mich betrogen,
Aus dem du geile Brunst für andre Lust gesogen,
Ich werfe es hinab in diese schmutzgen Wogen,
Und mit ihm werf ich hin, was ich für dich gefühlt
Daß sich die böse Glut, die mir das Herz zerwühlt
In dieses Flusses trüber Welle kühlt.
Nimm hin den Scheidekuß,
Ich geb i[h]n ohn Verdruß,
Von mir ist dir verziehn,
Wend dich, zu Gott dahin,
Und fleh, daß er verzeih,
Dem Sünder steht es frei
Er ist für dich, für mich, für alle uns gestorben,
Ich habe im Gebet mir Trost von ihm erworben.
Ich gab des Heilands Bild in deine schnöden Hände,
So bin durch dich ich auch zu einem Judas worden,
Den Herrn hab ich verkauft, an die ihn ermorden,
Erbarm dich meiner Seel, und zu dem Kreuz dich wende,
O mache, daß an dir dies Bild ein Wunder tut,
Und daß er dich erlöst mit seinem heilgen Blut,
So darf ich ruhig sein, daß ich so fromme Gabe
An dich, du elend Weib, so schnöd vergeudet habe,
Nun wend ich mich von dir, ich will in Friede gehn,
Ich will unschuldig nun die Sterne wieder sehn,
Ich will zu Gott dem Herrn um Hülfe für dich flehn,

Daß dich die Gnade sein barmherzig mög anwehn,
Daß einen Engel er, zu dir ermahnen sende,
Daß er dein elend Herz wie meines zu sich wende,
So gehet nicht mein Schmerz, doch Leid und Lieb zu Ende.

Ich träumte hinab in das dunkle Tal
Auf engen Felsenstufen
Und hab mein Liebchen ohne Zahl
Bald hier, bald da gerufen
Treulieb, Treulieb ist verloren!

Mein lieber Hirt nun sage mir,
Hast du Treulieb gesehen,
Sie wollte zu den Lämmern hier,
Und dann zum Brunnen gehen
Treulieb, Treulieb ist verloren!

Treulieb in meinem Schoße saß
Dort oben an den Klippen
Und weil die Wangen ihr so blaß,
So küßt ich ihre Lippen
Treulieb, Treulieb ist verloren!

Ich blies die Flöte, ich flocht den Kranz
Ich ging ihr Blumen zu pflücken,
Ich wollte sie zum Abendtanz,
Als meine Buhle schmücken
Treulieb, Treulieb ist verloren!

Da hört sie ein schallendes Jägerhorn
Da tät sie die Öhrlein stellen
Und schwang sich hinüber durch Distel und Dorn
Und folgte dem Waldgesellen.
Treulieb, Treulieb ist verloren!

Ich träumte hinab in den dunklen Wald
Auf engen Felsenstufen
Und habe mein Liebchen, daß es schallt
Bald hier, bald da gerufen.
Treulieb, Treulieb ist verloren!

Mein lieber Jäger nun sage mir
Hast du mein Lieb gesehen,
Sie wollte in das Waldrevier
Zu Hirsch und Rehen gehen.
Treulieb, Treulieb ist verloren!

Treulieb lag heut in meinem Arm
Im Schatten kühler Eichen
Wir herzten uns, es ward ihr warm,
Sic ging ins Bad zu steigen
Treulieb, Treulieb ist verloren!

Der Mühlbursch hell ein Liedlein pfiff
Da tauchte Treulieb unter,
Und tauchte auf, sprang in sein Schiff,
Ohn Hemd doch frisch und munter.
Treulieb, Treulieb ist verloren!

Ich träume hin an Mühlbachs Rand
Auf engen Felsenstufen
Und habe in schallender Klippenwand
Mein Liebchen oft gerufen
Treulieb, Treulieb ist verloren!

Nun lieber Müller nun sage mir
Hast du mein Lieb gesehen
Ich gab ihr Korn, sie wollte hier
Bei dir zur Mühle gehen.
Treulieb, Treulieb ist verloren!

Treulieb ist heut auf weichem Pfühl
In meinem Arm entschlafen,
Es klang die Schelle es klappte die Mühl,
Das Auffüllen hab ich verschlafen.
Treulieb, Treulieb ist verloren!

Und als mich morgens die Reuter geweckt
Die hier vorbei gezogen
Hat sie der Trompeter in Mantel gesteckt
Und mich um sie betrogen
Treulieb, Treulieb ist verloren!

Ich träumte hin auf der Reuter Zug
In Staub erkannt ich die Hufen
Und wo das Herz mir lauter schlug
Hab treulieb ich gerufen.
Treulieb, Treulieb ist verloren!

Mein lieber Reuter willst du mir
Wo Liebchen ist wohl sagen,
Ich weiß sie hat geholfen dir
Dein Zeltlein aufzuschlagen.
Treulieb, Treulieb ist verloren!

Treulieb bei mir im Zelte lag,
Das Pulver hat sie gerochen
Die ganze Nacht, doch früh am Tag
Da ist sie aufgebrochen.
Treulieb, Treulieb ist verloren!

Es zog der Bettelstudent vorbei
Und spielte auf der Leier
Sie guckt hinaus, was es wohl sei
Und folgt dem neuen Freier.
Treulieb, Treulieb ist verloren!

Ich träumte, ich folg der Leier Klang
Hinab viel Felsenstufen
Und habe auf dem bittren Gang,
Mein Liebchen noch oft gerufen
Treulieb, Treulieb ist verloren!

Mein lieber Schüler sage mir
Hast du Treulieb gesehen
Sie wollt, ich weiß es wohl, bei dir
Zur Singeschule gehen.
Treulieb, Treulieb ist verloren!

Treulieb fraß mit mir auf ein Mal
Wohl Bettelbrot zwei Pfunde,
Den Wein den sie dem Reuter stahl
Trank ich aus ihrem Munde.
Treulieb, Treulieb ist verloren!

Doch als ich an der Schmiede stand
Ums Abendbrot zu singen.
Viel größre Freude sie empfand
An kräftgem Hammerschwingen.
Treulieb, Treulieb ist verloren!

Mein lieber Meister wohlgestallt
Sprach sie zum rußgen Mohren
Beschlag mich lieber warm als kalt
Viel Eisen hab ich verloren.
Treulieb, Treulieb ist verloren!

Ich träumt zur Schmiede den schwarzen Gang
Hinab so viele Stufen
Und lauter als der Hammer klang
Hab ich Treulieb gerufen.
Treulieb, Treulieb ist verloren!

Der Meister sprach sie hat der Knecht
Der Knecht, sie hat der Bube
Der Bube wies mich dann zurecht,
Zu Totengräbers Stube.
Treulieb, Treulieb ist verloren!

Ich träumt hinab ins Totental
Wohl tausend dunkle Stufen
Und hab mein Lieb wohl tausendmal
Mit bittrer Angst gerufen.
Treulieb, Treulieb ist verloren!

Mein Totengräber nun sage mir
Hast du mein Lieb gesehen
Auf ihrer Mutter Grab allhier
Wollt sie die Blumen säen.
Treulieb, Treulieb ist verloren!

Treulieb lag bei mir manche Nacht
Und sang mir freche Lieder
Und wenn ich ein Fräulein zu Grab gebracht
Da stahl sie ihr den Mieder
Treulieb, Treulieb ist verloren!

Sie stiehlt der Braut den Jun[g]fernkranz
Die schwarzen Totenschuhe
Die zieht sie an und ging zum Tanz,
Und nimmt den Leichen die Ruhe.
Treulieb, Treulieb ist verloren!

Und als sie nach goldnen Ringen sucht
Und in den Sarg tät langen,
Der tote Jude der tief verflucht
Hat zärtlich sie umfangen.
Treulieb, Treulieb ist verloren!

Wo ist des toten Juden Grab,
Wo ruht der böse Bube
Der Totengräber zur Antwort gab
Geh nach der Schindergrube.
Treulieb, Treulieb ist verloren!

Ich träumte zum dunklen Galgen hin
Hinauf viel tausend Stufen
Und hab mein Lieb mit wildem Sinn
Wie Raben und Geier gerufen.
Treulieb, Treulieb ist verloren!

Nun toter Jude sage mir
Hast du Treulieb gesehen,
Sie wollte ganz allein zu dir
Um dich zu taufen gehen.
Treulieb, Treulieb ist verloren!

Sie lag bei mir zur zwölften Stund,
Und hat mir's nicht gedanket
Es heulte zum Mond des Schinders Hund
Der Gehenkte im Galgen schwanket
Treulieb, Treulieb ist verloren!

Da läßt sie die edle vertrauliche Gruft
Und stiehlt mir meine Geschmeider
Und steigt herauf zu dem luftigen Schuft,
Auf der dünnen Galgenleiter.
Treulieb, Treulieb ist verloren!

Ich träumte hinauf ins leere Schloß
Wohl auf den Leiterstufen
Und habe auf jeder Galgensproß
Nach meinem Lieb gerufen.
Treulieb, Treulieb ist verloren!

Nun sag mir mein gehenkter Schuft
Hast du Treulieb gesehen,
Sie schöpfte hier wohl frische Luft
Und wollte um sich sehen
Treulieb, Treulieb ist verloren!

Sie hat mit mir im Mondenschein
Ein Stündchen sich geschaukelt,
Da hob sich Lärm und wildes Schrein
Da kam es heran gegaukelt.
Treulieb, Treulieb ist verloren!

Zuerst der Hexen Troß voran
Auf Gabeln und auf Besen,
Und dann der Meister Urian
Der hat sie sich erlesen
Treulieb, Treulieb ist verloren!

Er faßt die Jungfer sich aufs Korn
Mit angenehmen Sitten
Sie faßt den Teufel bei dem Horn,
Zum Blocksberg sie dann ritten.
Treulieb, Treulieb ist verloren!

Ich träumte hinauf die steile Höh
Auf engen Felsenstufen,
Und hab mit Ach und hab mit Weh
Nach meinem Liebchen gerufen
Treulieb, Treulieb ist verloren!

Nun lieber Teufel sage mir
Hast du Treulieb gesehen
Sie kam allein herauf zu dir,
Dich kämpfend zu bestehen.
Treulieb, Treulieb ist verloren!

Treulieb sie küßte mich unterm Schwanz,
Ich war ihr wohlgewogen,
Doch hat sie mir beim wilden Tanz
Ein Ohr schier abgelogen.
Treulieb, Treulieb ist verloren!

Geh nimm sie wieder da sitzet sie,
Auf einem Katzendrecke,
Bist du Treulieb ich laut aufschrie,
Als ich das Luder entdecke.
Treulieb, Treulieb ist verloren!

Mein lieb, Treulieb, nun sage mir
Hast du Treulieb gesehen
Sie soll nun mir in dir allhier
Wahrhaftiglich bestehen
Treulieb, Treulieb ist verloren!

Treulieb, Treulieb sie sitzt allhie
Auf mir dem falschen Schwure.
Treulieb ist Dichterphantasie
Und ich bin deine Hure.
Treulieb, Treulieb ist verloren!

Die Welt war mir zuwider
Die Berge lagen auf mir
Der Himmel war mir zu nieder
Ich sehnte mich nach dir, nach dir,
O lieb Mädel wie schlecht bist du!

Ich trieb wohl durch die Gassen
Zwei lange Jahre mich
An den Ecken mußt ich passen
Und harren nur auf dich, auf dich.
O lieb Mädel wie schlecht bist du!

Und alle Liebeswunden
Die brachen auf in mir
Als ich dich endlich gefunden
Ich lebt und starb in dir, in dir!
O lieb Mädel wie schlecht bist du!

Ich hab vor deiner Türe
Die hellgestirnte Nacht,
Daß dich mein Lieben rühre
Oft liebeskrank durchwacht.
O lieb Mädel wie schlecht bist du!

Ich ging nicht zu dem Feste
Trank nicht den edlen Wein
Ertrug den Spott der Gäste
Um nur bei dir zu sein.
O lieb Mädel wie schlecht bist du!

Bin zitternd zu dir gekommen
Als wärst du ein Jungfräulein,
Hab dich in Arm genommen
Als wärst du mein allein, allein.
O lieb Mädel wie schlecht bist du!

Wie schlecht du sonst gewesen
Vergaß ich liebend in mir
Und all dein elendes Wesen
Vergab ich herzlich dir ach dir,
O lieb Mädel, wie schlecht bist du!

Als du mir nackt gegeben
Zur Nacht den kühlen Trank
Vergiftetest du mein Leben,
Da war meine Seele so krank so krank
O lieb Mädel, wie schlecht bist du!

Bergab bin ich gegangen
Mit dir zu jeder Stund,
Hab fest an dir gehangen
Und ging mit dir zu Grund.
O lieb Mädel, wie schlecht bist du!

Es hat sich an der Wunde
Die Schlange fest gesaugt
Hat mit dem giftgen Munde
Den Tod in mich gehaucht.
O lieb Mädel, wie schlecht bist du!

Und ach in all den Peinen
War ich nur gut und treu
Daß ich mich nannt den Deinen
Ich nimmermehr bereu, bereu
O lieb Mädel wie schlecht bist du!

Es leben die Soldaten,
So recht von Gottes Gnaden,
Der Himmel ist ihr Zelt,
Ihr Tisch das grüne Feld.

Ihr Bette ist der Rasen,
Trompeter müssen blasen,
Guten Morgen, gute Nacht,
Daß man mit Lust erwacht.

Ihr Wirtsschild ist die Sonne,
Ihr Freund die volle Tonne,
Ihr Schlafbuhl ist der Mond,
Der in der Sternschanz wohnt.

Die Sterne haben Stunden,
Die Sterne haben Runden
Und werden abgelöst,
Drum Schildwacht sei getröst.

Wir richten mit dem Schwerte,
Der Leib gehört der Erde,
Die Seel dem Himmelszelt,
Der Rock bleibt in der Welt.

Wer fällt, der bleibet liegen,
Wer steht, der kann noch siegen,
Wer übrig bleibt, hat Recht,
Und wer entflieht, ist schlecht.

Zum Hassen oder Lieben
Ist alle Welt getrieben,
Es bleibet keine Wahl,
Der Teufel ist neutral.

Bedienet uns ein Bauer,
So schmeckt der Wein fast sauer
Doch ist's ein schöner Schatz
So kriegt sie einen Schmatz.

Nachklänge Beethovenscher Musik

1.

Einsamkeit, du Geisterbronnen,
Mutter aller heilgen Quellen,
Zauberspiegel innrer Sonnen,
Die berauschet überschwellen,
Seit ich durft in deine Wonnen
Das betrübte Leben stellen,
Seit du ganz mich überronnen
Mit den dunklen Wunderwellen,
Hab zu tönen ich begonnen,
Und nun klingen all die hellen
Sternenchöre meiner Seele,
Deren Takt ein Gott mir zähle,
Alle Sonnen meines Herzens,
Die Planeten meiner Lust,
Die Kometen meines Schmerzens,
Klingen hoch in meiner Brust.
In dem Monde meiner Wehmut,
Alles Glanzes unbewußt,
Kann ich singen und in Demut
Vor den Schätzen meines Innern,
Vor der Armut meines Lebens,
Vor der Allmacht meines Strebens
Dein, o Ewger, mich erinnern!
Alles andre ist vergebens.

2.

Gott, dein Himmel faßt mich in den Haaren,
Deine Erde zieht mich in die Hölle,
Gott, wie soll ich doch mein Herz bewahren,
Daß ich deine Schätze sicher stelle,
Also fleht der Sänger und es fließen
Seine Klagen hin wie Feuerbronnen,

Die mit weiten Meeren ihn umschließen;
Doch in Mitten hat er Grund gewonnen,
Und er wächst zum rätselvollen Riesen.
Memnons Bild, des Aufgangs erste Sonnen,
Ihre Strahlen dir zur Stirne schießen,
Klänge, die die alte Nacht ersonnen
Tönest du, den jüngsten Tag zu grüßen:
Auserwählt sind wen'ge, doch berufen
Alle, die da hören, an die Stufen. –

3.

Selig, wer ohne Sinne
Schwebt, wie ein Geist auf dem Wasser,
Nicht wie ein Schiff – die Flaggen
Wechslend der Zeit, und Segel
Blähend, wie heute der Wind weht,
Nein ohne Sinne, dem Gott gleich,
Selbst sich nur wissend und dichtend
Schafft er die Welt, die er selbst ist,
Und es sündigt der Mensch drauf,
Und es war nicht sein Wille!
Aber geteilet ist alles.
Keinem ward alles, denn jedes
Hat einen Herrn, nur der Herr nicht;
Einsam ist er und dient nicht,
So auch der Sänger!

4.

Nichts weiß ich von dir, o Wellington,
Aber die Welle
Tönt deinen Namen so britisch.
Kleinod der Erde, England
Eiland, vom Meere gegürtet
Jungfräulich, Arche auf grünenden
Hügeln ruhend, der Sündflut
Bist du entrücket, dich lieb ich,

Nicht um handelbequeme
Gestalt in mancher Vollendung,
Nein um dich nur, denn heilig
Sind wohl die Inseln. Die Sterne
Gürtet umsonst nicht das Blau,
Und die sehenden Augen,
Wunderinseln des Lichtes,
Schwimmen umsonst nicht im Glanz;
Was umarmt ist, ist Tempel,
Freistatt des Geistes, der die Welt trägt.
Wer möchte sonst leben?

5.

Wer hat die Schlacht geschlagen,
Wer hat die Schlacht getönt,
Wer hat den Sichelwagen,
Der über das Blutfeld dröhnt,
Harmonisch hinübergetragen,
Daß sich der Schmerz versöhnt?
Wen hat in heißen Tagen
Ein solcher Kranz gekrönt,
Wer darf so herrlich ragen,
Von Sieg und Kunst verschönt.
Wellington in Tones Welle
Woget und wallet die Schlacht,
Wie eines Vulkanes Helle,
Durch die heilige Sternennacht.
Er spannt dir das Roß aus dem Wagen,
Und zieht dich mit Wunderakkorden
Durch ewig tönende Pforten.
Triumph, auf Klängen getragen!
Wellington, Viktoria!
Beethoven, Gloria!

Wie du sollst in Schönheit wallen
Und dem Herrn doch wohlgefallen?
Frag die Wiesenblümelein
Die nicht ihrer Schönheit denken,
Sich der Sonne heben, senken,
Einsam duften und allein,
Wo sie sproßten, in dem Garten
Ruhig auch den Tod erwarten
Ihrer Schönheit ewgen Samen
Gottes Lüften gern vertrauen
Freudig sterben und nicht schauen
Wo der Herr sie aus will säen in Gottes Namen.
Nichts vergehet, nichts entstehet
Alles ist unendlich da
Doch die armen Augen taugen
Nur den Tod zu sehn.
Dichter, du sollst eingestehn,
Daß die Rose, die verblichen
Du der Sterblichkeit verglichen,
Eh sie war, und da sie glühte,
Und nachdem sie längst verblühte,
Daß die Rose eh und je
Die ich hier erblassen seh,
Ewiglich in Gott florieret
Und wer dieses recht verstehet
Triumphieret:
Nichts vergehet, nichts entstehet,
Alles ist unendlich da!

28. Febr. 1815
im letzten Jahr der Poesie
und im ersten und schlechtesten der Architektur.

In dem Lichte wohnt das Heil,
Doch der Pfad ist uns verloren
Oder unerklimmbar steil,
Wenn wir außer uns ihn steigen
Werden wir am Abgrund schwindeln
Aber in uns selbst, da zeigen
Klar und rein die Pfade sich
Glauben, Hoffen, Lieben, Schweigen,
Laß uns diese Pfade steigen,
Daß wir nicht am Abgrund schwindeln.
Wollte Gott herab sich neigen
Und uns seine Hände reichen,
Sieh den Gottessohn in Windeln!

Wenn es stürmet auf den Wogen,
Sitzt die Schifferin zu Haus,
Doch ihr Herz ist hingezogen
Auf die weite See hinaus,

Bei jeder Welle, die brandet
Schäumend an Ufers Rand,
Denkt sie, er strandet, er strandet, er strandet,
Er kehret mir nimmer zum Land.

Bei des Donners wildem Toben
Sitzt die Schäferin zu Haus,
Doch ihr Herz, das schwebet oben
In des Wetters wildem Saus.

Bei jedem Strahle, der klirrte
Schmetternd durch Donners Groll,
Denkt sie, mein Hirte, mein Hirte, mein Hirte
Mir nimmermehr kehren soll.

Wenn es in dem Abgrund bebet,
Sitzt des Bergmanns Weib zu Haus,
Doch ihr treues Herz, das schwebet
In des Schachtes dunklem Graus.

Bei jedem Stoße, der rüttet
Hallend im dunkelem Schacht,
Denkt sie, verschüttet, verschüttet, verschüttet
Ist mein Knapp in der Erde Nacht.

Wenn die Feldschlacht tost und klirret,
Sitzt des Kriegers Weib zu Haus,
Doch ihr banges Herz, das irret
In des Kampfes wilden Strauß.

Bei jedem Knall, jedem Hallen
Der Stücke an Bergeswand
Denkt sie gefallen, gefallen, gefallen
Ist mein Held nun fürs Vaterland.

Aber fern schon über die Berge,
Zogen die Wetter, der Donner verhallt,
Horch wie die jubelnde, trunkene Lerche,
Tireli, Tireli, siegreich erschallt.

Raben zieht weiter!
Himmel wird heiter,
Dringe mir, dringe mir,
Sonne hervor!

Jubelnde Lerche,
Über die Berge,
Singe mir, singe mir,
Wonne ins Ohr.

Mit Zipreß und Lorbeer kränzet
Sieg das freudig ernste Haupt,
Herr! wenn er mir niederglänzet
Mit dem Trauergrün umlaubt!

Dann sternlose Nacht sei willkommen,
Der Herr hat gegeben den Stern,
Der Herr hat genommen, genommen, genommen,
Gelobt sei der Wille des Herrn!

Frühlingsschrei eines Knechtes aus der Tiefe

1.

Meister, ohne dein Erbarmen
Muß im Abgrund ich verzagen,
Willst du nicht mit starken Armen
Wieder mich zum Lichte tragen

2.

Jährlich greifet deine Güte,
In die Erde, in die Herzen,
Jährlich weckest du die Blüte,
Weckst in mir die alten Schmerzen.

3.

Einmal nur zum Licht geboren,
Aber tausendmal gestorben,
Bin ich ohne dich verloren,
Ohne dich in mir verdorben

4.

Wenn sich so die Erde reget,
Wenn die Luft so sonnig wehet,
Dann wird auch die Flut beweget,
Die in Todesbanden stehet.

5.

Und in meinem Herzen schauert
Ein betrübter bittrer Bronnen,
Wenn der Frühling draußen lauert,
Kömmt die Angstflut angeronnen.

6.

Weh! durch giftge Erdenlagen,
Wie [die] Zeit sie angeschwemmet,
Habe ich den Schacht geschlagen,
Und er ist nur schwach verdämmet.

7.

Wenn nun rings die Quellen schwellen,
Wenn der Grund gebärend ringet,
Brechen her die giftgen Wellen,
Die kein Fluch, kein Witz mir zwinget.

8.

Andern ruf ich, schwimme, schwimme,
Mir kann solcher Ruf nicht taugen,
Denn in mir ja steigt die grimme
Sündflut, bricht aus meinen Augen.

9.

Und dann scheinen bös Gezüchte
Mir die bunten Lämmer alle,
Die ich grüßte, süße Früchte,
Die mir reiften, bittre Galle.

10.

Herr, erbarme du dich meiner,
Daß mein Herz neu blühend werde,
Mein erbarmte sich noch keiner
Von den Frühlingen der Erde.

11.

Meister, wenn dir alle Hände
Nahn mit süßerfüllten Schalen,
Kann ich mit der bittern Spende
Meine Schuld dir nimmer zahlen

12.

Ach, wie ich auch tiefer wühle,
Wie ich schöpfe, wie ich weine,
Nimmer ich den Schwall erspüle
Zum Kristallgrund fest und reine.

13.

Immer stürzen mir die Wände,
Jede Schicht hat mich belogen,
Und die arbeitblutgen Hände
Brennen in den bittern Wogen.

14.

Weh! der Raum wird immer enger,
Wilder, wüster stets die Wogen,
Herr, o Herr! ich treib's nicht länger,
Schlage deinen Regenbogen.

15.

Herr, ich mahne dich, verschone,
Herr! ich hört in jungen Tagen,
Wunderbare Rettung wohne
Ach, in deinem Blute, sagen.

16.

Und so muß ich zu dir schreien,
Schreien aus der bittern Tiefe,
Könntest du auch nicht verzeihen,
Daß dein Knecht so kühnlich riefe!

17.

Daß des Lichtes Quelle wieder
Rein und heilig in mir flute,
Träufle einen Tropfen nieder,
Jesus, mir, von deinem Blute!

Ich kenn ein Haus, ein Freudenhaus,
Es hat geschminkte Wangen,
Es hängt ein bunter Kranz heraus,
Drin liegt der Tod gefangen.

In meinem Mantel trag ich hin
Biskuit und süße Weine,
Der Himmel weiß wohl, wer ich bin,
Die Welt schimpft, was ich scheine.

Die eine liest mir in der Hand,
Sie will mein Unglück lesen,
Die andre malt mich an die Wand,
Und nennt mich holdes Wesen.

Die dritte weiß sich flink zu drehn,
Es schwindeln mir die Sinne,
Und jede dieser bösen Feen
Sucht, wie sie mich umspinne.

Doch dorten auf den Arm gelehnt
Sitzt eine stumm und weinet,
Sie hat sich längst mit Gott versöhnt,
Und sitzet doch und weinet.

Was will sie noch in diesem Haus,
Sie muß den Spott erleiden,
Es zischt der freche Chor sie aus:
Du kannst uns doch nicht meiden!

Sie schweigt und weint und trägt den Hohn,
Den schweren Büßer-Orden,
Man zuckt die Achseln, kennt sie schon,
Sie ist zur Närrin worden.

Doch ich berühr um sie allein
Die himmelschreiende Schwelle,
Bei ihr, tret ich zum Saal herein,
Ist meine feste Stelle.

Sie achtet's nicht, sie blickt nicht auf,
Wenn alle tanzend fliegen,
Seh ich mit stetem Tränenlauf
Das bleiche Haupt sie wiegen.

So hundert Tage ohne Ruh
Sah ich sie wanken, weinen
Und sprach, o Weib, welch Kind wiegst du?
Will denn kein Schlaf erscheinen? –

Du hast dem Leid genug getan,
Gib mir's, ich will dir's tragen,
Da schrie ihr Blick mich schneidend an,
Doch konnt ihr Mund nichts sagen.

Und neulich nachts um Mitternacht
Kam ich mit meiner Laute;
Die Pforte hat sie aufgemacht,
Die noch am Fenster schaute.

Sie zieht mich in den Garten fort,
Sitzt auf ein Hüglein nieder,
Gibt keinen Blick, und gibt kein Wort,
Und weinet stille wieder.

Zu ihren Füßen saß ich hin,
Und ehrte ihren Kummer,
Da hat mir Gott ein Lied verliehn,
Ich sang sie in den Schlummer.

Ich sang so kindlich, sang so fromm,
Ach, säng ich je so wieder!
O Ruhe komm, ach Friede komm,
Küß ihre Augenlider!

Und da sie schlief, da stieg so hold
Ein Kindlein aus dem Hügel,
Trug einen Kranz von Flittergold
Und einen Taschenspiegel.

Und brach ein Zweiglein Rosmarin,
Das ihm am Herzen grünet,
Und legt es auf die Mutter hin,
Und sprach: Gott ist versühnet!

Und wo den Rosmarin es brach,
Da bluteten zwei Wunden,
Und als es kaum die Worte sprach,
Ist es vor mir verschwunden.

Die Mutter ist nicht mehr erwacht,
Noch schläft sie in dem Garten,
Ich steh und sing die ganze Nacht,
Kann wohl den Tag erwarten.

Da ruft mich Zucht und Ehr und Pflicht
Aus diesem Haus der Sünde,
Doch von der Mutter laß ich nicht
Ob ihrem armen Kinde.

Es winkt zurück, wenn ich will gehn,
Sitzt an des Hügels Schwelle,
Und kann nicht aus dem Spiegel sehn,
Sein Flitterkranz glänzt helle.

Es brach das Haus, der Kranz fiel ab,
Fiel auf den Sarg der Frauen,
Ich blieb getreu, tät bei dem Grab
Mir eine Hütte bauen.

Und daß die Schuld nicht mehr erwacht,
Will ich da ewig singen,
Bis Jesus richtend bricht die Nacht,
Bis die Posaunen klingen.

Oft mit dem Kind in Sturm und Wind,
Sing ich auf meinen Knieen,
O Jesus! du gemordet Kind,
Du hast ja auch verziehen!

Ein Tröpflein deines Blutes nur
Laß auf die Mutter fallen,
Das macht uns rein und klar und pur,
Daß wir zum Lichte wallen.

Des toten Bräutigams Lied

Ich ging auf grünen Wegen
Und trug den Hochzeitskranz,
Treu Lieb ging mir entgegen
Geschmückt mit gleichem Glanz.
O wie blinkte ihr Krönlein schön,
Eh die Sonne wollt untergehn!

Und als die lichte Wonne
Sich unter Wolken barg,
Da spielt die letzte Sonne
Im Kranz auf meinen Sarg.
O wie blinkte *etc.*

Es ging im Witwenschleier
Treu Lieb mit mir zu Grab,
Und schwur, mein einzger Freier
Sinkt mir mit dir hinab.
O wie blinkte *etc.*

Sie steckt die Myrtenkrone
Auf meinen Totenkranz,
Die Weiber sprachen: Schone
Ihn für den neuen Hans.
O wie blinkte *etc.*

Sie wollt ihn mir nur geben,
Wollt keines andern sein,
Da lacht das volle Leben
Mir in das Grab hinein.
O wie blinkte *etc.*

Wer meine Kron erblickte
Und ihre Myrte drauf,
Zu seinem Nachbar nickte:
Der wacht einst selig auf.
O wie blinkte *etc.*

Doch als neun Monde gingen
Stets müder durch den Sand,
Den Strohkranz sie ihr hingen
Ans Haus ob ihrer Schand.
O wie blinkte *etc.*

Und die ihr Häcksel streuen
Zur Nacht vor ihre Tür,
Die hören's Kindlein schreien,
Ich kann ja nichts dafür.
O wie blinkte *etc.*

Auf meiner Krone wehen
Noch ihre Myrten stets,
Doch die sie schimmern sehen,
Die sprechen: Ja so geht's!
O wie blinkte *etc.*

Dem Tode hingegeben
Hat sie ihr Kränzlein leicht,
Da hat das schlechte Leben
Den Strohkranz ihr gereicht,
O wie blinkte *etc.*

Ihr Kind am Kirchhof spielet,
Und mit dem Abendlicht
Hin nach dem Kränzlein schielet,
Und recht unschuldig spricht,
O wie blinkte *etc.*

Da hatt ich keine Ruhe
Und mußte auferstehn,
Und ging aus meiner Truhe
Das Kränzlein einzusehn,
O wie blinkte *etc.*

Ich wollt den Kranz mir holen,
Ins Grab mir auf das Herz,
Das Kind hat ihn gestohlen,
Da fühlt ich wieder Schmerz,
O wie blinkte *etc.*

Konnt nicht die Stimm erheben,
Nicht schreien: Den Kranz gib her,
Das Totsein wie das Leben
War mir unendlich schwer.
O wie blinkte *etc.*

Da half mir das Gewissen,
Es nahm dem Kind den Kranz,
Ich hab ihn unzerrissen,
Ich hab ihn rein und ganz.
O wie blinkte *etc.*

Um einen guten Namen
Freit sie den ärmsten Mann,
Da sie zur Kirche kamen,
Sah sie die Kron nicht an,
O wie blinkte *etc.*

Da sprach ich aus der Truhe:
Hab Dank für Lust und Schmerz,
Dein Kranz mit ewger Ruhe
Kühlt mir das treue Herz,
O wie blinkte *etc.*

Wohl mir, daß ich gestorben,
Als er im vollen Glanz,
Mir bist du nicht verdorben,
Ich habe deinen Kranz.
O wie blinkte *etc.*

Treu will ich ihn aufheben,
Wenn wir uns wiedersehn,
Sollst du im bessern Leben
Mit ihm gezieret gehn.
O wie blinkte *etc.*

Denn eine einzge Treue
Ist aller Liebe wert,
Und eine einzge Reue
Zerbricht das Richterschwert,
O wie blinkte *etc.*

Dies hört sie, ist gegangen
Still mit dem armen Mann,
Und sah nun ohne Bangen
Mein einsam Krönlein an!
O wie blinkte *etc.*

Und wenn die Abendwinde
Leis durch die Kronen ziehn,
Spricht sie zu ihrem Kinde,
Gottlob, die Zeit geht hin.
O wie blinkte mein Krönlein schön,
Eh die Sonne wollt untergehn!

Jäger und Hirt

Durch den Wald mit raschen Schritten
Trage ich die Laute hin,
Liebe singt, was Leid gelitten,
Schweres Herz hat leichten Sinn.

Durch die Büsche muß ich dringen
Nieder zu dem Felsenborn,
Und es schlingen sich mit Klingen
Durch die Saiten Ros' und Dorn.

In der Wildnis wild Gewässer
Breche ich mir kühne Bahn,
Steig ich aufwärts in die Schlösser,
Schaun sie mich befreundet an.

Haus ich nächtlich in Kapellen,
Stört sich kein Gespenst an mir,
Weil sich Wandrer gern gesellen,
Denn auch ich bin nicht von hier.

Seh ich Zauberschätze glimmen,
Locket bald durch Sumpf und Moor
Mich der Irrwisch hin und stimmen
Muß mein Lautenschlag dem Chor.

Zu der Gnomen Hochzeitfeier,
Zu der Elfen luftgem Tanz
Tönet meine ernste Leier
Unerschreckt im Mondenglanz.

In dem Schoß der Wunderberge
In der Zauberfräulein Haus
Führen mich die schlauen Zwerge
Und ich singe ohne Graus.

Geister reichen mir den Becher,
Reichen mir die kalte Hand,
Denn ich bin ein kühner Zecher,
Scheue nicht den glühen Rand.

Ja beim Mahl zur bösen Stunde
Leert den Becher ich mit Faust,
Wo berührt vom Satansmunde
Höllenglut im Weine braust.

Alles ist mir schon geschehen,
Meine Schale ist erfüllt,
Seit ich selber mich gesehen,
Hab das Antlitz ich verhüllt.

Zu der Mainacht Hexenreihen
Spiel ich nun ein geistlich Lied,
Daß die Schar mit Maledeien
Vor dem fremden Sänger flieht.

In Frau Venus Berg die Leier
Hab mit Keuschlamm ich geschmückt
Und sie hat mich ohne Schleier
An die volle Lust gedrückt.

Doch sie konnte mich nicht rühren,
Sie verging in frommer Scham,
Ließ sich leicht von mir verführen,
Daß sie einen Schleier nahm.

Die Sirene in den Wogen,
Hätt sie mich im Wasserschloß,
Gäbe, den sie hingezogen,
Gern den Fischer wieder los.

Wo der Schwan im Wellenspiegel
In sein Sternbild niedertaucht,
Bricht der Schmerz auch mir das Siegel,
Daß mein Leid im Liede haucht.

Meinen weißen Hirsch verloren
Hab ich mit dem Goldgeweih;
Die in ihm war eingeboren
Starb mit ihm die schöne Fei.

Weh, mich hatte die Meduse
Mit dem Schlangenblick versteint,
Und seitdem hat meine Muse
Nicht gelachet, nicht geweint.

Doch mit scharfen Wünschelruten
Schlug ihr Amor ins Gesicht,
Daß ihr aus in Tränenfluten
Die versteinte Seele bricht.

Bittre Meere um mich rannen,
Und wie auch die Phantasie
Mochte bunte Segel spannen,
Nie ach nie, erschifft ich sie!

Und nun kehre ich von Thule,
Fand da auf des Meeres Grund
Einen Becher, meine Buhle
Trinkt sich nur aus ihm gesund.

Füllet euch ihr ewigen Tage,
Mond und Sonne steigt und sinkt,
Dürstend ich den Becher trage,
Und sie fehlt, die aus ihm trinkt.

Suchend geh ich durchs Gedränge
Und die Schuldner mahnen mich,
Und ich singe viel Gesänge,
Doch im Herzen weine ich.

Wo die Schätze sind begraben
Weiß ich wohl, Geduld, Geduld,
Einer schwebt am Kreuz erhaben,
Der bezahlet meine Schuld.

Während ich dies Lied gesungen
Nahet sich des Waldes Rand,
Aus des Laubes Dämmerungen
Trete ich ins offne Land.

Aus der Eichen zu den Myrten,
Aus der Laube in das Zelt,
Hat der Jäger sich dem Hirten,
Flöte sich dem Horn gesellt.

Während du die Lämmer hütest,
Zähm ich dir des Wolfes Wut,
Wenn du fromm die Hände bietest
Werd ich deines Herdes Glut.

Und willst du die Arme schlingen
Um ein Liebchen zwei und zwei,
Will ich dir den Baum schon zwingen,
Daß er eine Laube sei.

Du kannst Kränze schlingen, singen,
Schnitzen, spitzen Pfeile süß,
Ich kann ringen, klingen, schwingen,
Schlank und blank den Jägerspieß.

Gib die Pfeile, nimm den Bogen,
Mir ist's Ernst und dir ist's Scherz,
Hab die Sehne ich gezogen,
Du gezielt, dann trifft's ins Herz.

Wild getan, wie stolz gesprochen,
Weh der Pfeil flog seine Bahn,
Hat des Lammes Herz durchstochen,
Drohend sah der Hirt mich an.

Dorn ward da die Rosenkrone
Um sein göttlich mildes Haupt,
Vater! rief er, ihn verschone,
Denn er hat an mich geglaubt.

O wie so oft
Hab ich ein Zeichen erhofft,
Zogen
Sterne den schimmernden Bogen
Durch die himmlische Leere
Durch die himmlische Tiefe,
Daß ich der irdischen Schwere
Endlich auf immer entschliefe,
Aber der Morgen
Löschte die Sterne aus,
Weckte die Sorgen,
Weckte des Herzens Haus,
Und des Alltäglichen Macht
Zwang die Ahndung der Nacht.

O wie so viel
Nahte der Sehnsucht das Ziel
Sanken
Dürstende müde Gedanken
Hin an brennender Schwelle
Selig kühlender Ferne,
Ach da stürzte zum Herzen die Welle
Und das lachende Licht in die finsteren Sterne,
Aber die Ebbe
Kehrte, die Flut wich,
Heißer die Steppe
Umgürtet mit Glut mich,
Und den brennenden Pfeil
Mahnte das fliehende Ziel zur Eil.

O wie so tief
Oft aus den Wogen mich's rief!
Fielen
Um nach den Sternen zu zielen
Tränen zu spiegelnden Seen
Die zwischen blumigten Wiesen,
Augen der Erde, aufsehen,
Himmlische Kinder zu grüßen.

Aber die Fläche
Ringelt, das Bild bricht,
Bittere Bäche
Rinnet so wild nicht!
Freudig ja springet ein Fisch,
Und ich mord ihn, decke den Tisch.

O wie so rein
Wächst in der Schönheit der Schein,
Scheinet
Sie aus der Einfalt und einet
Recht in der lauteren Klarheit
Strahlen der himmlischen Güte
Zum sehenden sichtbaren Auge der Wahrheit,
Das das schaffet und selbst ist die Frucht und die Blüte
Aber die Dichter
Machen die Glieder zum Leibe gern
Schneiden Gesichter
In einen Kirschenkern
Traurig und lachend, o gebe
Lieber der Erde ihn, daß er lebe

Blütenvoll
Früchtevoll
Dir und den Deinen himmlischen Segen

Gebe
Auf irdischen Wegen.

Kein Tierlein ist auf Erden
Dir, lieber Gott zu klein,
Du ließt sie alle werden,
Und alle sind sie dein.
Zu dir, zu dir
Ruft Mensch und Tier
Der Vogel dir singt,
Das Fischlein dir springt,
Die Biene dir brummt,
Der Käfer dir summt.
Auch pfeifet dir das Mäuslein klein:
Herr Gott, du sollst gelobet sein!

Das Vöglein in den Lüften
Singt dir aus voller Brust,
Die Schlange in den Klüften
Zischt dir in Lebenslust.
Zu dir, zu dir
Ruft Mensch und Tier *usw.*

Die Fischlein, die da schwimmen,
Sind, Herr, vor dir nicht stumm,
Du hörest ihre Stimmen,
Ohn dich kommt keines um.
Zu dir, zu dir *usw.*

Vor dir tanzt in der Sonne
Der kleinen Mücken Schwarm,
Zum Dank für Lebenswonne
Ist keins zu klein und arm.
Zu dir, zu dir *usw.*

Sonn, Mond gehn auf und unter
In deinem Gnadenreich,
Und alle deine Wunder
Sind sich an Größe gleich.
Zu dir, zu dir *usw.*

Zu dir muß jedes ringen,
Wenn es in Nöten schwebt,
Nur du kannst Hülfe bringen,
Durch den das Ganze lebt.
  Zu dir, zu dir *usw.*

In starker Hand die Erde
Trägst du mit Mann und Maus,
Es ruft dein Odem, Werde!
Und bläst das Lichtlein aus.
  Zu dir, zu dir *usw.*

Kein Sperling fällt vom Dache
Ohn dich, vom Haupt kein Haar,
O teurer Vater, wache
Bei uns in der Gefahr.
  Zu dir, zu dir *usw.*

Behüt uns vor der Falle
Und vor dem süßen Gift
Und vor der Katzenkralle,
Die gar unfehlbar trifft!
  Zu dir, zu dir *usw.*

Daß unsre Fahrt gelinge,
Schütz uns vor aller Not,
Und helf uns zu dem Ringe
Und zu dem Zuckerbrot!
  Zu dir, zu dir *usw.*

Ich bin durch die Wüste gezogen,
Des Sandes glühende Wogen
Verbrannten mir den Fuß,
Es haben die Wolken gelogen,
Es kam kein Regenguß.

Die Sonne trank mir im Zorne
Das Wasser aus jeglichem Borne
An dem die Reise geruht,
Ich dürste, es leckten die Dorne
Meiner brennenden Wunden Blut.

Ich nahm den erschlagnen Kamelen
Das Wasser und Blut aus den Kehlen
Zu retten mein Weib und Kind,
Die Schätze an Gold und Juwelen
Begrub im Sande der Wind.

Da wühlt ich mit glühendem Schwerde
Den Kindern manch Grab in die Erde
Erwühlte mir keinen Quell,
Ob Gott sie wohl finden werde,
Die Hyänen heulten grell.

Ein Kind unterm Mutterherzen
Brach mit ihm, in schreienden Schmerzen
Gebar sie es sterbend dem Tod,
Es goß gleich glühenden Erzen
Die Sonne mir Licht in die Not.

Gern hätte ich Tränen getrunken,
Die Augen weinten nur Funken,
Ich wühlt noch ein Grab in den Sand,
Und bin in Verzweiflung gesunken,
Ach weil ich kein Wasser fand.

Da ward ich zur wandelnden Leiche,
Auf daß ich den Brunnen erreiche,
Den letzten auf glühender Bahn,
Und wie ich so lechzend hinschleiche,
Da brüllen die Tiger mich an

Des Tages glühende Schwelle
Verbrannte, da kam ich zur Stelle,
Der Brunnen war trocken und tot
Es glühte zur Mitternacht helle
Der Mond wie Kupfer so rot

Der Tod flog auf aus der Wüste,
Und schauderte, da ich ihn grüßte,
Und floh, da rief ich ihm zu,
Daß einer hier sterben müßte,
Er schrie mir: Erst lebe du!

Denn sterben heißt Ruhe erwerben
Drum kannst du nicht leben nicht sterben
Der Durst ist unendlich in dir,
Dein Erbteil, das will ich nicht erben
So schrie er, und eilte von mir

Und heulend flog der Geselle
Wüsteinwärts mit Pfeilesschnelle
Der Sand schlug rasselnd um ihn,
Da traf mich die glühende Welle
Ach; daß ich erblindet bin.

O Nacht ohn Anfang und Ende!
Kein Stern, wo hin ich mich wende,
Kein Bogen, kein Pfeil kein Ziel,
Da rang ich betend die Hände,
Bis die Decke mir niederfiel

Da fühlt ich das Ziel mir gekommen
Die glühende Leiter erklommen,
Ich schrie zu dem bitteren Stern
Der Herr hat gegeben, genommen
Gelobt sei der Wille des Herrn!

Da hört ich ein Flügelpaar klingen
Da hört ich ein Schwanenlied singen,
Und fühlte ein kühlendes Wehn
Und sah mit tauschweren Schwingen
Einen Engel in der Wüste gehn.

Und als ich ihn fragend begrüßte,
Sag an, du Engel der Wüste
Wie find ich den Wasserquell?
Sprach er: wer treulich büßte,
Der steht an der Brunnenschwell.

Sag an, du Engel der Wüste,
Und find ich den Quell, da ich büßte,
Wo find ich Jerusalem
Da sprach er: so ich das nicht wüßte,
Käm ich nicht von Bethlehem

So folge nun meinem Gleise,
Blind wandeltest du im Kreise,
Nach Jerusalem wolltest du,
Reich mir die Hand auf der Reise,
Du zogst nach Babylon zu.

Der Herr trieb tausend Meilen
Mich her, um dich zu heilen,
Zu brechen mein Brod mit dir,
Den Becher mit dir auch zu teilen,
Wohlauf, nun folge du mir.

Und vor ihm kniete ich nieder,
Er legte sein tauicht Gefieder
Mir kühl um das glühende Haupt,
Und sang mir die Pilgerlieder
Da hab ich geliebt und geglaubt.

Da sah ich den Himmel wohl offen,
Ach Gott! Kühl hernieder getroffen
Kam die Gnade, die Segensflut,
Da konnte ich endlich auch hoffen,
Auf meines Erlösers Blut.

Da sang ich, reich treulich die Hände,
Die Augen nicht vor meinem Ende,
O Schwesterlein von mir
Nur nimmer, nimmermehr wende,
Du, ich, wir sind nun ein Wir

Ein Tempel sei wo wir knien,
Ein Glück sei, für das wir glühen
Ein Streit, ein Siegespanier
Ein Gott sei, wohin wir ziehen
Ein Himmel sei dir und mir.

So haben wir da wohl gesungen,
Und Hand in Hand da geschlungen
Und Flügel in Flügelpaar
Uns über die Wüste geschwungen,
Die ein Garten voll Segen war.

Dies war wohl ein innerlich Sehen
Ein innerlich Auferstehen
In mir selber erwachte der Geist
Die Wüste, das waren die Wehen
In denen mein Leben gekreißt.

All was ich verloren, begraben,
All was ich allein, um zu haben
In der heißen Wüste gesucht,
Das soll mich im Geiste nun laben,
In unverbotener Frucht.

O Schimmer, o Lichter, o Farben,
O Alle ihr goldenen Garben,
In Duft, in Sonne, im Tau,
Ich schwelge, ich kann nicht mehr darben,
Gott grüß dich mein geistlicher Pfau!

Ach Alles, was je ich gewesen
Kann dir in dem Spiegel ich lesen
Kann vor dir in Tränen vergehn,
Kann vor dir in Reue genesen,
Kann mit dir dann auferstehn.

Und will dieser Abend verglimmen
Laß höher und höher uns klimmen
Auf Golgatha sinkt keine Nacht,
Es singen da ewige Stimmen
Am Kreuze, nun hab ich vollbracht.

Wiegenlied eines jammernden Herzen

O schweig nur, Herz! die drohende Sibylle,
Die dir durch deinen Frieden, Wehe! kreischt,
Den grimmen Geier, der dich so zerfleischt,
Bannt dir ein mildes Kind und deckt ganz stille
Die schreinde Wunde dir, mit Taubenflügeln,
Weckt dir den Morgenstern auf stummen Hügeln.

O schweig nur, Herz! Horch! Klang von Engelsschwingen!
Was zuckst du so? du mußt fein leise tun,
Wo man dir singet, wie so sanft sie ruhn,
Die Seligen, dahin wird man dich bringen,
Sei still! was schreist du? einsam ist kein Leben,
Kein Grab; schlaf süß; die Liebste träumt daneben.

O schweig nur, Herz! du hast ja nichts besessen,
Du läßt ja nichts zurück, wem trauerst du?
Auch deines Himmels Augen fallen zu,
Doch seiner Liebe Licht strahlt ungemessen;
Brichst du, bricht jenes Herz? wer bleibt, wird sagen,
O schönre Lust, halb hier, halb dort zu schlagen!

O schweig nur, Herz! du magst wohl selig schweigen,
Was schreist du nur! dir fiel ein süßes Los,
Dich wiegt die Unschuld ohne Grau'n im Schoß,
Aus tiefen Augen blickt dein Himmelszeichen;
Sei ihr nicht schwer, sei selig, träume, schwebe,
Wein um die Traube nicht, wein mit der Rebe!

O schweig nur, Herz! sonst nennt dich einen Raben
Die Liebste, die nur Tauben Futter gibt,
O diene still und treu, bis sie dich liebt,
Werd eine Taube, die nur will sie haben;
O selig, ihr als Taube zu gehören,
So lang sie sich der Raben wird erwehren!

O schweig nur, Herz! und lerne sel'ger schauen
Als andre, in die Huld, die sie umgibt,
Daß sie dir mehr, als allen andern gibt,
Das zwinge sie, dir stumm einst zu vertrauen,
Schweige, dulde, glaube, hoffe, liebe, baue
Dein Elend fromm, daß sie dir ganz vertraue!

Schweig Herz! Kein Schrei!
Denn alles geht vorbei,
Doch daß ich auferstand
Und wie ein Irrstern ewig sie umrunde,
Ein Geist, den sie gebannt,
Das hat Bestand.

Ja, alles geht vorbei,
Nur dieses Wunderband
Aus meines Wesens tiefsten Grunde
Zu ihrem Geist gespannt,
Das hat Bestand.

Ja, alles geht vorbei,
Doch ihrer Güte Pfand,
Jed' Wort aus ihrem lieben frommen Munde,
Folgt mir ins andre Land
Und hat Bestand.

Ja, alles geht vorbei,
Doch sie, die mich erkannt,
Den Harrenden, wildfremd an Ort und Stunde,
Ging nicht vorbei, sie stand,
Reicht mir die Hand.

Ja, alles geht vorbei,
Nur eines ist kein Tand:
Die Pflicht, die mir aus seines Herzens Grunde
Das linde Kind gesandt,
Die hat Bestand.

Ja, alles geht vorbei,
Doch diese liebe Hand,
Die ich in tiefer freudenheller Stunde
An meinem Herzen fand,
Die hat Bestand.

Ja, alles geht vorbei,
Nur dieser heiße Brand
In meiner Brust, die bittre süße Wunde,
Die linde Hand verband,
Die hat Bestand.

Frühes Lied

Fahre fort mit Dornenschlägen,
Weiße Rose, meinem Herzen,
Dem verbrannten, quillt ein Segen,
Aus den Tränen aus den Schmerzen,

Breche ganz mein altes Leben,
Ich muß dir, die so erschienen
Einen bessern Bruder geben
Gott und dir in ihm zu dienen

Alles muß von dir ich nehmen
Kann dir nichts, ach gar nichts geben,
Denn du mußt den Drachen zähmen,
Um dem Herrn den Schatz zu heben,

Sieh, ich beug mich dir zu Füßen
Du Erbarmen, weine nieder,
Lehre mich, wie du zu büßen
Tränenquell der frommen Lieder

All mein Letzen und Verletzen,
All mein Lügen, Trachten, Scheinen,
Darauf sollst den Fuß du setzen
Und so im Triumph erscheinen.

Alles, was du still gelitten,
Deine Not, dein fromm Entsagen,
Hat auch mir das Herz durchschnitten,
Doch *du, du* hast es getragen

Alles was du je getragen,
Sieh, das hab ich all verschuldet,
Meine Schuld hat dich geschlagen,
Und du hast so fromm geduldet.

Und nun trägst du dies versunkne,
Das dich marterte, dies Herz,
O du Gottesmitleidtrunkne
An dem deinen, himmelwärts!

Die Erde war gestorben
Ich lebte ganz allein,
Die Sonne war verdorben,
Zwei Augen gaben Schein,

Da bot sie mir zu trinken
Und blickte mich nicht an,
Sie ließ die Augen sinken,
Es war um mich getan.

Reg Frühling nur die Schwingen
Sehn nur, du Erde, dich,
Ich kann nichts anders singen,
Als, Jesus schau auf mich.

Frühmorgenlied vom Kirschblütenstrauß, schweren Stein und des lieben Herzens Güte und Segen

22. Mai 1817

Geschämig tritt die falbe
Aurora vor das Himmelshaus,
Da legt die graue Schwalbe
Fromm plaudernd ihr die Träume aus.

Da sinken in das Blaue
Der Sterne Geisteraugen ein,
Da wäscht sich in dem Taue
Das Licht den Sonnenschleier rein.

Mich weckend summt die Mücke
Am Fenster, möcht zum Licht hinaus,
Da lenk ich meine Blicke
Auf einen Kirschenblütenstrauß.

Der Strauß, von dir gepflücket,
Er hielt die Blüten fest bis heut,
Doch hat sich heut gebücket
Und seinen Schmuck umher gestreut.

Die Blätter aber strecket
Er frisch noch zu dem Lichte aus,
Zum Licht, das mich erwecket,
Und dich und deinen treuen Strauß.

Vergib, geliebtes Leben,
Daß ich zuerst an dich gedacht,
Kann ich zum Licht noch streben,
So ist's, weil mir's in dir erwacht.

Was wär mir dann die Sonne,
Schien sie nicht in die Augen dein,
In ihnen wird sie Wonne,
In meinen wird sie Feuerpein.

Wohin ich in der Kammer
Die irren Blicke schweifen laß,
Schlägt mahnend mir ein Hammer
Ans schwere Herz, ohn Unterlaß.

Die Bücher und die Bilder,
Die geizig ich zusammentrug,
Sie schreien immer wilder,
O stein'ger Acker, stumpfer Pflug!

Die Steine wollt ich wälzen
Zu einer freien Aussicht Lust,
Es wuchs daraus ein Felsen,
Der fiel zurück auf meine Brust.

Zerschmettert, unbegraben
Lag ich in Wind und Wettersnot,
Es fraßen mich die Raben,
Ich starb und starb doch nie zu Tod.

Es wollt kein Vogel singen,
Als wäre dieser Stein verflucht,
Es wollt kein Quell entspringen,
Der meine heiße Kehle sucht.

Nur Kröten, Ottern, Schlangen
Umkrochen kalt mir meine Brust,
Daß Kühlung ich empfangen
Selbst von dem grimmen Ekel mußt.

Und wenn ich glühend weinte,
Verzweiflung mich zu singen zwang,
Da lobten mich die Freunde
Hohnlächelnd im Vorübergang.

Heran wollt keiner treten,
Den Stein zu wälzen von der Brust,
Mit mir wollt keiner beten,
Und ich hab kein Gebet gewußt.

Da rang ich endlich blutig
Die rechte Hand mir los und frei,
Und schlug ein Kreuz gar mutig,
Daß Jesus mir barmherzig sei.

O wundertätig Zeichen!
Du trugst die Sünde aller Welt,
Ich fühlt die Last auch weichen,
Du warst als Stütze aufgestellt.

Ein Vöglein kam gereiset,
Baut mir ein Dornennest ins Herz,
Das Vöglein Buße heißet,
Und sein Gesang heißt: bittrer Schmerz.

Ein Gärtlein ich ihm baute
Von herbem Kraut, heißt Reu und Leid,
Da fraß es von dem Kraute,
Trank meine Tränen allezeit.

Und heißer ward sein Brüten;
Das Dornennest in meiner Brust
Fühlt ich wie Feuer wüten,
Das dürstend still ich tragen mußt.

So lag ich da alleine
Und hört den Vogel, sah das Kraut,
Als plötzlich von dem Steine
Ein kühler Quell hernieder taut.

Da sah ich auf der Spitzen
Des Steines in dem Sonnenschein
Gar still, mitleidig sitzen
Dich, liebes, frommes Jungfräulein.

Dem Quell, der mich erquicket,
Erschlosssest du das Felsentor,
Aus deinen Augen blicket
Die Gnade all, die ich verlor.

Du siehst mit frommen Sinnen
Dem Tanz der kleinen Fliege zu
Und gönnst den goldnen Spinnen
Ihr schwebend Haus in Sonnenruh.

Den Käfer auf den Rücken
Gefallen, richtest mild du auf,
Schlägst sichere Blätterbrücken
Der Ameise in ihrem Lauf.

Du räumest auf den Stegen
Die Steine aus des Wandrers Schritt
Und tiefst auf irren Wegen
Die Spur mit deiner Füße Tritt.

Du richtest längs dem Pfade
Die sturmgebeugte Ähre auf
Und wirfst das zum Gestade
Geführte Fischlein in den Lauf.

Du wärmst mit deinem Hauche
Das nestentfallne Vögelein
Und sammelst von dem Strauche
Zum Bett ihm zarte Wolle ein.

Und seinen Eltern streuest
Du deines Brotes Krümlein aus,
Weinst mit dem Leid und freuest
Dich mit der Lust in Gottes Haus.

Deckst selbst das Nest der Schlangen,
Flehst selbst der Kröte um ein Schild,
Siehst du die Spinne hangen
Feindselig überm Ekelbild.

Mein Weh hast du gespüret
Und riefst den Sünder gern zu Gast;
Den Stein hast du gerühret,
Er weichet schon, ich atme fast.

Mein Durst hat dich gezogen,
Und deine Tränen flossen mir;
Die ersten Gnadenwogen
Entsprangen mir von dir, von dir.

Ich las aus deinen Blicken,
Daß Gottes Lieb unendlich ist,
Dein Mund konnt mich erquicken,
Er sprach und sang von Jesu Christ.

Du sprachst: »Wie einst auf Erden
Der Feind den lieben Herrn versucht,
Daß Stein zu Brot soll werden,
Hast du bei Jesu auch gesucht;

Du lebst nicht nur vom Brote,
Nein, auch vom Wort aus Gottes Mund,
Dich macht vom innern Tode
Die Liebe Jesu nur gesund.

Der Stein, der dich erdrücket,
Ist greulich vor der Seele mein,
Doch hab ich ihn gerücket,
O glaub! und Gott wird gnädig sein.«

Da glaubt ich, und den Riegel
Schobst du hinweg vom Himmelstor,
Und gabst dem Felsen Flügel
Und trugst ihn über mir empor.

Doch lieg ich noch zerschlagen,
Und treu noch pflegst du mich, lieb Kind,
Bis auf Elias Wagen
Ich endlich deinen Himmel find!

So Herz! mußt ich heut morgen,
Als ich zum Lichte aufgewacht,
Die Liebe von dir borgen,
Die ich dem Schöpfer zugedacht.

So hab ich Gott gedanket,
Daß er dich auch erwachen läßt,
Wer schwer gefallen, wanket
Und hält den Stab mit Ängsten fest.

25. August 1817

Einsam will ich untergehn
Keiner soll mein Leiden wissen
Wird der Stern, den ich gesehn
Von dem Himmel mir gerissen
Will ich einsam untergehn
Wie ein Pilger in der Wüste

Einsam will ich untergehn
Wie ein Pilger in der Wüste,
Wenn der Stern, den ich gesehn
Mich zum letzten Male grüßte
Will ich einsam untergehn
Wie ein Bettler auf der Heide.

Einsam will ich untergehn
Wie ein Bettler auf der Heide
Gibt der Stern, den ich gesehn,
Mir nicht weiter das Geleite
Will ich einsam untergehn
Wie der Tag im Abendgrauen.

Einsam will ich untergehn
Wie der Tag im Abendgraun,
Will der Stern, den ich gesehn
Nicht mehr auf mich niederschau[n],
Will ich einsam untergehn
Wie ein Sklave an der Kette

Einsam will ich untergehn
Wie der Sklave an der Kette
Scheint der Stern, den ich gesehn
Nicht mehr auf mein Dornenbette
Will ich einsam untergehn
Wie ein Schwanenlied im Tode.

Einsam will ich untergehn
Wie ein Schwanenlied im Tode
Ist der Stern, den ich gesehn
Mir nicht mehr ein Friedensbote
Will ich einsam untergehn
Wie ein Schiff in wüsten Meer[en]

Einsam will ich untergehn
Wie ein Schiff in wüsten Meeren
Wird der Stern, den ich gesehn
Jemals weg von mir sich kehren,
Will ich einsam untergehn
Wie der Trost in stummen Schmerzen

Einsam will ich untergehn
Wie der Trost in stummen Schmerzen
Soll den Stern, den ich gesehn
Jemals meine Schuld verscherzen,
Will ich einsam untergehn
Wie mein Herz in deinem Herzen.

Es war einmal die Liebe,
Die himmelsklare Liebe,
Wohl in gerechtem Zorn,
Und sprach zum blinden Triebe:
Verzeih! heut kriegst du Hiebe
Ganz recht mit einem Dorn.

Da zagt der Trieb betroffen,
Doch kaum hat ihn getroffen
Der Liebe Dornenstreich,
Sind alle Knospen offen,
Der Dorn ganz ohn Verhoffen
Schlug aus voll Rosen gleich.

Es war einmal die Liebe,
Die himmelsklare Liebe,
Sie war vom Trieb betrübt,
Und sprach zum blinden Triebe:
An dir, du Friedensdiebe,
Wird Rache heut geübt.

Doch, als sie sich will rächen,
Entstürzt in Tränenbächen
Das Mitleid ihrer Brust,
Sie kann den Stab nicht brechen,
Die Lieb wird aller Schwächen
Des Triebes sich bewußt.

Es war einmal die Liebe,
Die himmelsklare Liebe,
Sie war vom Trieb gekränkt,
Und sprach zum blinden Triebe:
Wenn dir kein Trost auch bliebe,
Heut wird dir's nicht geschenkt.

Und, um ihm zu gedenken,
Will sie ein Füllhorn senken
Voll von Gerechtigkeit,
Und hat mit Fahnenschwenken
Den Richtplatz mit Geschenken
Der Gnade überstreut.

Ei sag einmal du Liebe,
Du himmelsklare Liebe,
Wer hat dich das gelehrt,
Daß man dem blinden Triebe
Für strenge Dornenhiebe
Nur Rosen mild beschert,

Und daß man für die Rute
Dem blinden Übermute
Nur süßen Honig gibt.
Das lehrte dich der Gute,
Der dich mit seinem Blute
In deiner Schuld geliebt.

Da sang einmal der Liebe,
Der himmelsklaren Liebe,
Der Trieb dies Liebeslied,
Daß Lieb dem blinden Triebe
Das Licht ins Herz einübe,
Das ihr im Auge blüht.

Da sah der Trieb verkläret,
Was Liebe ihm gewähret,
Und beide sprachen fromm:
Du hast mich Trost gelehret,
Du hast mir Licht bescheret,
Trieb sei der Lieb willkomm!

Da faßt einmal die Liebe,
Die himmelsklare Liebe
Sich einen frischen Mut
Und ward dem blinden Triebe,
Daß er nicht irrend bliebe,
Ein Blindenführer gut.

Da lernt der Trieb das Lieben,
Da ward die Lieb getrieben,
Bis sehend er, sie blind,
Und beide sind's geblieben,
Und ich hab es geschrieben,
Lies du und bleib ein Kind!

Das Elend soll ich einsam bauen,
O schweige nur, ich kenn das Leid,
Den heißen Schmerz des kranken Pfauen
Der nach der Sonne klimmend schreit,
Ich fühle in dem Abendgrauen
Der Nächte finstre Bitterkeit
Ich war im seligsten Vertrauen
Von je dem grimmen Schmerz geweiht
Und soll das Elend einsam bauen.

Das Elend soll ich einsam bauen,
Die Brunnen die ein Zauberschlag
Hervorrief auf den dürren Auen
Sie wenden sich, der junge Tag
Will nicht mehr auf mich niedertauen
Das Leben bricht mir den Vertrag
Ich soll nun in die Wüste schauen,
Ich, der der Einsamkeit erlag
Soll einsam nun das Elend bauen

Das Elend soll ich einsam bauen
Mir wie dem ersten Mann geschah
Als in des Paradieses Auen
Der Herr ihn einsam trauern sah
Schuf er aus seiner Brust die Frauen,
Der Himmel war der Erde nah
Doch mit dem menschlichen Vertrauen
War Schlange Frucht und Tod auch da.
Drum muß ich einsam Elend bauen

Das Elend soll ich einsam bauen
Verdorben war ich durch das Weib
Wollt in der Jungfrau neu mich schauen,
Die Gott verhießen, daß sie's bleib.
Maria, Zuflucht der Jungfrauen,
Erhalt dem Herren ihren Leib,
Laß sie nicht blinder Not vertrauen
Ob Erde sie vom Himmel treib.
Ich muß mein Elend einsam bauen.

Das Elend soll ich einsam bauen
O Jesus höre mein Geschrei
Brich meiner Seele tiefes Grauen
O Jesus, führ den Kelch vorbei
Mach von der Hölle giftgen Klauen
O Jesus meine Seele frei
Ein armes kindliches Vertrauen
O Jesus meinem Geist verleih
Hilf mir mein Elend einsam bauen.

Das Elend soll ich einsam bauen –,
Wohl auf mein Stab nach Jericho!
Und will dir's vor der Wüste grauen,
Gedenk der Kreuzweg führet so,
Und fällst du in die Mörderklauen,
So kömmt die Liebe irgendwo
Dir aus der Ferne zuzuschauen,
Und läßt dich einsam Elend bauen.

Das Elend soll ich einsam bauen,
Weil selbst die Liebe einsam ist,
Ein reines Tier muß wiederkauen,
Einsam, was es gesellig frißt,
Die Liebe ist jetzt am Verdauen
Und fühlt nicht, daß du hungrig bist
Das aber grad muß dich erbauen
Das Elend auszubauen.

Bestellte Poesie

Bleib nur stille,
Gottes Wille
Hat auch dich ja ausersehn,
Alle Armut, alle Fülle
Wird auch dir vorübergehn.

Bleib nur innig
Treu und sinnig,
Wie dich auch der Engel grüßt,
Spreche: Deine Magd, Herr! bin ich,
Die dir nie ihr Herz verschließt.

Bleib nur heiter,
Blick nicht weiter
Als zum Hirten, der dich führt.
Sorge bricht die Himmelsleiter,
Weil sie aus der Erde rührt.

Bleib vertrauend
Aufwärts schauend,
Nimm nur fremde Not ans Herz,
Und auf die Verheißung bauend
Trag die Erde himmelwärts.

Bleib nur selig,
Ach allmählich
Wird die Nacht vorüber gehn,
Denk, nur wenge Stunden zähl ich,
Schlafengehn wird Auferstehn.

Bleib nur liebend,
Wenn betrübend
Alles Leben treulos scheint,
Stirb du, allen Liebe übend,
Dann stirbst du dem Herrn vereint.

Bleib in Frieden,
Ungeschieden,
Eng getraut dem einzgen Gut,
Der die Arm' ausstreckt hinnieden,
Bis Süßlieb am Herz ihm ruht.

Bleib nur betend,
Wenig redend,
Sorge für dein Gartenbeet,
Säend, pflanzend, stützend, jätend,
Bis es reif zur Ernte steht.

Bleib nur kindlich,
Unverbindlich
Dieser lügenvollen Welt,
Einem nur unüberwindlich
Wirk dein Herz ins Siegsgezelt.

Bleib nur leise,
In dem Gleise,
Wird zum Ernste einst das Spiel
Und die wirre, bunte Reise
Tritt zum lichtgeschmückten Ziel.

Bleib nicht, allen
Zu gefallen,
Wählend auf dem Scheideweg,
Ob links?, rechts? zum Traum zu wallen?
Segnend dich zur Seite leg.

Bleib nur hüpfend
Und entschlüpfend,
Allen ab- und zugewandt,
Alle Schleifen hier verknüpfend
Führen nicht ins Vaterland.

Bleib lebendig,
Ganz abwendig
Werd mir nie, o sei mir fromm,
Mit dir leb ich, mit dir end ich –
Fleh! daß uns sein Reich zukomm!

Bleib demütig!
Einstens blüht ich,
War doch nie so froh wie du,
Arm war ich und übermütig,
Gott und du ihr sah't mir zu!

Bleib geduldig,
denn ich huldig'
Aller Huld allein in dir,
Strafe, lohn'? was all verschuld ich?
Gib stumm Kind, ach gib es mir!

Bleib, wie üblich,
Fein und lieblich,
Zäh und kraus, das arme Kind,
Dessen Fesseln, nie verschieblich,
Nimmer ich mein Herz entwind.

Bleib nicht länger
Aus, denn enger,
Immer enger, wird die Brust
Deinem armen kranken Sänger –
Dessen Herz du stimmen mußt.

Bleib nur bleibend,
Blüten treibend,
Bis der Herr zur Ernte geht,
Für mich Ärmsten dieses schreibend,
Opfre Früchte im Gebet!

Bleib das süße
Ziel der Grüße,
Grüß dich Gott viel tausendmal,
Auf dem Baum im Paradiese
Liebste Frau von Nachtigall!

Wer ist ärmer als ein Kind,
An dem Scheideweg geboren,
Heut geblendet, morgen blind,
Ohne Führer geht's verloren,
Wer ist ärmer, als ein Kind.
  Wer dies einmal je empfunden,
  Ist den Kindern durch das Jesuskind
  verbunden!

Welch Geheimnis ist ein Kind,
Gott ist auch ein Kind gewesen,
Weil wir Gottes Kinder sind,
Kam ein Kind uns zu erlösen.
Welch Geheimnis ist ein Kind.
  Wer dies einmal *etc.*

O wie dankbar ist ein Kind,
Pflege ich die zarte Pflanze,
Schütz ich sie vor Sturm und Wind,
Wird's ein Schmuck im Himmelsglanze,
O wie dankbar ist ein Kind.
  Wer dies einmal *etc.*

Die im Himmel waren Kind,
Die auch, die der Fluch getroffen,
Ach, so such ein Kind geschwind,
Lehr es glauben, lieben, hoffen,
Die im Himmel waren Kind.
  Wer dies einmal *etc.*

Welch ein Bote ist ein Kind,
Jedes Wort, das es erquicket,
Bis zum Himmelsgarten rinnt,
Wo das Wort war ausgeschicket,
Welch ein Bote ist ein Kind.
  Wer dies einmal *etc.*

Zu mir sendet Gott das Kind,
Das nicht weiß, was tun, was lassen,
Wie ich gebend bin gesinnt,
Wird sein Herz die Gabe fassen,
Zu mir sendet Gott das Kind.
  Wer dies einmal *etc.*

Wie so leicht lehrt sich ein Kind
All zum Guten, all zum Bösen
Wie den Schlüssel es gewinnt,
Wird es alle Rätsel lösen,
Wie so leicht lehrt sich ein Kind.
  Wer dies einmal *etc.*

Sei nicht bange um das Kind,
Laß es alles selbst verdienen,
Sei barmherzig, streng und lind,
Sei wie Gott mit dir, mit ihnen,
Sei nicht bange um das Kind.
  Wer dies einmal *etc.*

Wie gelehrig ist ein Kind,
So wie du es lehrest lesen
In dem Buch, in dem wir sind,
So wird einst sein ganzes Wesen,
Wie gelehrig ist ein Kind.
  Wer dies einmal *etc.*

Willst du segnen, lehr ein Kind,
Aus dem Körnlein werden Ähren,
Wie dein Körnlein war gesinnt,
Wird das Brot die Welt einst nähren.
Willst du segnen, lehr ein Kind.
  Wer dies einmal *etc.*

Keine Blume kennt das Kind,
Giftige erscheinen bunter,
Wenn es Lust am Bunten find't,
Bricht's die Frucht und gehet unter,
Keine Blume kennt das Kind.
  Wer dies einmal *etc.*

Ach wer führt dies schwache Kind,
Höll und Himmel stehen offen,
Daß das Lamm dem Wolf entrinnt,
Hat es mich wohl angetroffen.
Ach, wer führt dies schwache Kind.
  Wer dies einmal *etc.*

Durch die Wüste zieht das Kind,
Nur der Faden meiner Hände
Führt es durch das Labyrinth,
Es wird wandeln wie ich's sende.
Durch die Wüste zieht das Kind.
  Wer dies einmal *etc.*

In der Krippe lag ein Kind,
Ochs und Esel es verehren;
Wo ich je ein Kindlein find,
Will ich's lieben, pflegen, lehren,
In der Krippe lag ein Kind.
  Wer dies einmal *etc.*

Zu mir Sünder kam dies Kind,
Lehrte mich den Vater kennen,
Darum, wo ich ein Kindlein find,
Muß ich's meinen Bruder nennen.
Zu mir Sünder kam dies Kind.
  Wer dies einmal *etc.*

Wie so heilig ist ein Kind,
Nach dem Wort von Gottes Sohne
Aller Kinder Engel sind
Zeugen vor des Vaters Throne,
Wie so selig ist ein Kind!
  Wer dies einmal *etc.*

Welche Würde hat ein Kind,
Sprach das Wort doch selbst die Worte:
Die nicht wie die Kinder sind,
Gehn nicht ein zur Himmelspforte.
Welche Würde hat ein Kind.
  Wer dies einmal *etc.*

Werden muß ich wie ein Kind,
Wenn ich will zum Vater kommen,
Kinder, Kinder, kommt geschwind,
Ich wär gerne mitgenommen,
Ich muß werden wie ein Kind.
  Wer dies einmal *etc.*

Dieses Lied ist für ein Kind,
Das noch nie ein Kind betrübet,
Und aus Jesu Liebe sinnt,
Ob es Kinderliebe übet,
Dieses Lied ist für ein Kind,
  Und weil solches es empfunden,
  Ist's den Kindern durch das Jesuskind verbunden!

Wer dies sang war auch ein Kind
Und ist jetzt ein armer Sünder,
Und er schreibt auf Sturm und Wind:
Wachet über Gottes Kinder,
Wer dies sang, war auch sein Kind.
  Herr, laß dies ihn heiß empfinden,
  Sich den Kindern durch das Jesuskind verbinden!

La Vierge aux Rochers

von
Leonardo da Vinci

Dicht von Felsen eingeschlossen,
Wo die Jordansquellen gehn,
Wo die stillen Blumen sprossen,
Ist Johannes hier zu sehn.

Sinnend, in die Ferne zeigend
Sitzt er an der Quelle Rand
Und sein Engel lenket schweigend
Nach demselben Ziel die Hand.

Und wir sehen bei ihm knien,
Die er nur prophetisch schaut,
Jesum Christum und Marien,
Kirche, Bräutigam und Braut.

Jesus beugt sich schon entgegen
Händefaltend jener Flut,
Die auf unbereiten Wegen
Jetzt noch Sklavendienste tut.

Prüfend ihre Hand ausstrecket
Schon des heiligen Geistes Braut,
Ob, der sie zuerst erwecket,
Ob der Segen niedertaut.

Und der Felsen und die Blume
Und die Quelle ahnden still,
Daß zu seinem Heiligtume
Gott sie all gebrauchen will.

Auf den Fels die Kirche bauen,
Mit der Flut uns waschen rein,
Und der Lilie will vertrauen,
Wie er liebt das Jungfräulein.

Sieh, ein jedes tut das seine,
Und so laß uns Buße tun,
Bis zum Bau vereint wir Steine
All am siebten Tage ruhn.

Nimm hin den Faden durch das Labyrinth,
Das schrecklicher als jenes alte ist,
In dessen ausweglosem Pfadgewind
Ein scheußlich Ungeheu'r den Wandrer frißt,
Denn hier mein Freund! schreckt dich kein greulich Tier,
Hier trägt der Drache menschliche Gestalt;
Hier ist die Schlange Weib, der Teufel Kavalier;
Hier tut dir Glanz und Tanz und Farb' und Duft Gewalt,
Hier ist die Sitte Kuppler, Freundschaft Seelverkäufer;
Die Treu Falschmünzer und die Unschuld Werber;
Der Busenfreund Spion, die Ehre Überläufer;
Die Lilie trägt am Hut hier der Verderber,
Mit Rosen deckt sich hier schamlose Schande,
Von Veilchen duftet hier die feile Pest.
Der sichre Weg streift hier am Höllenrande
Und überm Abgrund schwebet hier der Tugend Nest.
Du wagst dich hin! Gott stärke dich zum Helden
Und mach' für Sünd dich taub und blind und lahm;
Auf daß dies Blatt er möge Lügen schelten,
Wenn besser er hinwegzieht als er kam.

Meine Irrtümer in diesem Liede
Wecken meine, so wie deine
Schmerzen tief im Herzen
Immer wieder, wieder
Auf;
Aber leider, leider, leider!
Tränen, Sehnen, Gähnen
Löschen, wäschen
Sie im Fließpapier, Siegspanier
Unsrer Wehmut, Demut
Immer wieder wieder
Aus.
Denn wir lachen, machen Sachen,
Solche Dinger für die Singer,
Lieder draus,
Vor den Mieder einen Strauß!

Herr, dir sei Lob und Dank,
Um immer mich zu finden,
Willst du mich müd und krank
Hier an mein liebes Schmerzensbettlein
binden,
Ach, Herr! viel tausend Lob und Dank!

Dein Will gescheh' an mir,
Gib nur Geduld, dann strafe,
Ich bin verschuldet dir,
Sei ich dein freies Kind, sei ich dein Sklave,
Ach, nur dein Will gescheh' an mir!

Herr! wie es dir gefällt
Willst du aufs Kreuz mich legen,
Sei ich ans Kreuz gestellt,
Geh kreuzbeladen, Herr, ich dir entgegen,
Ach alles, wie es dir gefällt.

Treu hast du mich geliebt,
Denn, könnt ich dir entfliehen,
Ich hätt dich oft betrübt,
So konntest du mich besser dir erziehen,
Wie treu, Herr, hast du mich geliebt.

Wie ständ es wohl mit mir?
Könnt ich wie andre Kinder
Mich tummeln voll Begier.
Sind andre blind, ach Herr, ich wär noch blinder,
Ach Herr, wie ständ es dann mit mir.

O Herr, wie lieb und gut,
Um viele Liebe zu erwecken,
Wollt'st du mich junges Blut
Als Quell des Mitleids auf das Lager strecken,
O Herr, wie bist du lieb und gut.

Du hast mich heimgesucht,
Gott Dank, daß ich hier liege,
Herr, meiner Leiden Frucht
Lehrt mich mein Engel an der Schmerzenswiege.
Willkomm, Herr, der mich heimgesucht.

Herr! du bedienst dich mein;
Gar manche Trostesworte,
Worin der Name dein
Das Süß'ste mir, erklingen hier am Orte,
O Freude, du bedienst dich mein!

Wie's ist, so ist es recht,
So schwach, mühselig, schwankend
Von Epheu ein Geflecht
Vom Kreuz gestützt, zum Licht sehnsüchtig rankend.
Herr, wie es ist, ist's recht!

Herr, wär ich fromm und reich
An Demut und an Schmerzen,
Ich wucherte sogleich,
Gäb allen Trost dir hin und litt von Herzen,
Und litt mich fromm und reich.

O himmlische Geduld,
Du kannst mit Schmerzen zahlen,
Nimm auf mein Leid mit Huld,
Ich opfre es vereint mit deinen Qualen.
Sei bei mir, himmlische Geduld.

Die lieben Röschen all
Und große süße Rosen,
Des Freundes Seufzerschall
Schneid ich für Dornen mir aus deinen Rosen,
Nimm dir dein Röschen ganz und all!

Wie wär ich doch so arm
Und könnte nichts verdienen,
Wär mir an deinem Arm
Nicht Lieb und Schmerz und die Geduld erschienen.
Ach, Herr! wie wär ich dann so arm!

Das Röschen, Herr, ist dein;
Könnt laufen ich und hüpfen,
Manch Rosenblättchen fein
Könnt in den Wind hinwehend dir entschlüpfen.
Allein jetzt ist das Röschen dein.

Berührt von Gottes Hand
Treibt mich ein still Entzücken
Am Kreuz empor; zum Pfand
Der Liebe will vielleicht mein Herr mich pflücken.
Dann blüh ich neu in Jesu Hand.

Dir will das Röschen blühn,
Du Haupt voll Blut und Wunden,
Wie seh ich dich erglühn,
Du Bräutigam, von Dornen ganz umwunden,
Dir will das Dornenröschen blühn.

Du hast dein Röschen scharf
Mit Dornen rings versehen,
Daß keiner nahen darf
Als du, der weiß mit Dornen umzugehen,
Du hütest, Herr, dein Röschen scharf.

So ließ ein Pilger einst
Dich Dornenröschen reden,
Wenn du so leiden lernst,
Dann kannst du zu den Wunden Jesu beten
Für alle und den Pilger ernst!

Weihnachtlied

Kein Sternchen mehr funkelt,
Tief nächtlich umdunkelt
Lag Erde so bang,
Rang seufzend mit Klagen
Nach leuchtenden Tagen,
Ach! Harren ist lang.

Als plötzlich erschlossen,
Vom Glanze durchgossen,
Den Himmel sie sieht;
Es sangen die Chöre:
Gott Preis und Gott Ehre!
Erlösung war da.

Es sangen die Chöre:
Den Höhen sei Ehre,
Dem Vater sei Preis,
Und Frieden hienieden,
Ja Frieden, ja Frieden,
Dem ganzen Erdkreis.

Wir waren verloren,
Nun ist uns geboren,
Was Gott uns verhieß,
Ein Kindlein zum Lieben,
Und nie zu betrüben,
Ach, Lieb ist ja süß!

O segne die Zungen,
Die mit mir gesungen,
Du himmlisches Kind!
Und laß dir das Lallen
Der Kinder gefallen,
So lieblich und lind.

O Friede dem Zorne,
O Röschen, dem Dorne
So lieblich erblüht;
Süß lallende Lippe
Des Kinds in der Krippe,
Dir gleicht wohl dies Lied.

Die Gottesmauer

Draus vor Schleswig an der Pforte
Wohnen armer Leute viel.
Ach! des Feindes wilder Horde
Werden sie das erste Ziel.
Waffenstillstand ist gekündet;
Dänen ziehen aus zur Nacht;
Russen, Schweden sind verbündet,
Brechen ein mit wilder Macht.

Draus vor Schleswig, weit vor allen
Liegt ein Hüttlein ausgesetzt.

Draus vor Schleswig in der Hütte
Singt ein frommes Mütterlein:
»Herr, in deinen Schoß ich schütte
Alle meine Sorg' und Pein!«
Doch ihr Enkel, ohn Vertrauen,
Zwanzigjährig, neuster Zeit,
Hat, den Bräutigam zu schauen,
Seine Lampe nicht bereit.

Draus vor Schleswig in der Hütte
Singt das fromme Mütterlein.

»Eine Mauer um uns baue!«
Singt das fromme Mütterlein:
»Daß dem Feinde vor uns graue,
Nimm in deine Burg uns ein!«
»Mutter«, spricht der Weltgesinnte,
»Eine Mauer uns ums Haus
Kriegt fürwahr nicht so geschwinde
Euer lieber Gott heraus!«

»Eine Mauer um uns baue!«
Singt das fromme Mütterlein.

»Enkel, fest ist mein Vertrauen,
Wenn's dem lieben Gott gefällt,
Kann Er uns die Mauer bauen,
Was Er will, ist wohl bestellt.«
Trommeln rumdidum rings prasseln;
Die Trompeten schmettern drein;
Rosse wiehern, Wagen rasseln;
Ach, nun bricht der Feind herein!

»Eine Mauer um uns baue!«
Singt das fromme Mütterlein.

Rings in alle Hütten brechen
Schwed und Russe mit Geschrei,
Fluchen, lärmen, toben, zechen,
Doch dies Haus gehn sie vorbei.
Und der Enkel spricht in Sorgen:
»Mutter, uns verrät das Lied!«
Aber sieh! das Heer von Morgen
Bis zur Nacht vorüberzieht.

»Eine Mauer um uns baue!«
Singt das fromme Mütterlein.

Und am Abend tobt der Winter,
Um die Fenster stürmt der Nord.
»Schließt die Laden, liebe Kinder!«
Spricht die Alte, und singt fort.
Aber mit den Flocken fliegen
Nur Kosakenpulke 'ran;
Rings in allen Hütten liegen
Sechszig, auch wohl achtzig Mann.

»Eine Mauer um uns baue!«
Singt das fromme Mütterlein.

»Eine Mauer um uns baue!«
Singt sie fort die ganze Nacht.
Morgens wird es still: »O schaue,
Enkel, was der Nachbar macht!«
Auf nach innen geht die Türe;
Nimmer käm er sonst heraus:
Daß er Gottes Allmacht spüre,
Liegt der Schnee wohl haushoch draus.

»Eine Mauer um uns baue!«
Sang das fromme Mütterlein.

»Ja! der Herr kann Mauern bauen!
Liebe, gute Mutter, komm,
Gottes Wunder anzuschauen!«
Spricht der Enkel und ward fromm.
Achtzehnhundertvierzehn war es,
Als der Herr die Mauer baut';
In der fünften Nacht des Jahres
Hat's dem Feind davor gegraut.

»Eine Mauer um uns baue!«
Sang das fromme Mütterlein.

Jesuskind, du Licht der Blinden
Mache mich doch einmal blind
Daß ich dir, wie mir dies Kind,
Auf dem Pfad mich mög verbinden
Wo du mich auch hin willst führen
Denn mein armes eignes Licht
Kann auch selbst beim Licht noch nicht
Dich das wahre Licht recht spüren
O wie töricht, töricht ist
Der nicht in allem ohne Ausnahm
Folget dir zu jeder Frist.

10. Jänner 1834

Wo schlägt ein Herz das bleibend fühlt?
Wo ruht ein Grund nicht stäts durchwühlt,
Wo strahlt ein See nicht stäts durchspült,
Ein Mutterschoß, der nie erkühlt,
Ein Spiegel nicht für jedes Bild
Wo ist ein Grund, ein Dach, ein Schild,
Ein Himmel, der kein Wolkenflug
Ein Frühling, der kein Vögelzug,
Wo eine Spur, die ewig treu
Ein Gleis, das nicht stäts neu und neu,
Ach wo ist Bleibens auf der Welt,
Ein redlich ein gefriedet Feld,
Ein Blick der hin und her nicht schweift,
Und dies und das und nichts ergreift,
Ein Geist, der sammelt und erbaut,
Ach wo ist meiner Sehnsucht Braut;
Ich trage einen treuen Stern
Und pflanzt ihn in den Himmel gern
Und find kein Plätzchen tief und klar,
Und keinen Felsgrund zum Altar,
Hilf suchen, Süße, halt o halt!
Ein jeder Himmel leid't Gewalt!
Amen!

An eine Feder 17. Jänner 1834

Danke, danke, süße Feder!
Liebchen ist es, die dich schnitte,
Solche Huld geschieht nicht jeder,
Denn sie hat nach Kindersitte
Dich mit ihrem Mund benetzet,
Ihre süße linde Lippe,
Die noch nie ein Kind verletzet,
Küßte lindernd deine Nippe,
Und du trankst auch eine Zähre,
Die um mich sie hat vergossen,
Federchen nicht mehr begehre,
Du hast Lust und Leid genossen,
Schwarz will ich dich nie betinten,
Tinte ist so herb und bitter
Und ein Linderkuß gleicht linden
Rosen um ein Perlengitter
Komm und schreib:
Mit meinem Blute
Das die Linde hat versüßet,
O du liebe, süße, gute!
Sei vom treusten Herz gegrüßet
Das an deinem Herzen ruhte
Und gerungen und gebüßet
Und geküßt die scharfe Rute
Wie ein Kind, als sie erblühte
Unter deinen linden Händen,
O du Überfluß der Güte
Willst du nicht dein Werk vollenden?
Lasse doch die Dornenhiebe
Rosen deiner Seele tragen,
Daß mein Blut sich Ruh erschriebe:
Laß die linde Lippe sagen:
Ich vergebe, denn ich liebe.

Ein Becher voll von süßer Huld
Und eine glühnde Ungeduld
Und eine arme trunkne Schuld
Sie lehren mich zu flehen!

Du Becher voll von süßer Huld
Vergib der glühnden Ungeduld
Vergib die arme trunkne Schuld,
Die ins Gericht will gehen.

Den Becher voll von süßer Huld
Darf heut die glühnde Ungeduld
Zur Buße armer trunkner Schuld
Nicht sehn, und möcht vergehen!

Das freut den Becher süßer Huld
Das schmerzt die glühnde Ungeduld
Das straft die arme trunkne Schuld
Mit bittern, bittern Wehen.

O Becher voll von süßer Huld,
Woll' nicht die glühnde Ungeduld,
Ob ihrer armen trunknen Schuld,
Die heute büßt, verschmähen.

Fließ über Becher süßer Huld,
Werd Asche glühnde Ungeduld,
Die mag die arme trunkne Schuld
Gemischt mit Tränen säen.

Auf daß du Becher süßer Huld
Um dich in Schmerzen der Geduld,
Still auf dem Grab der armen Schuld
Die Lilie kann erstehen.

Die Lilie, die voll süßer Huld,
Du sahst im Garten der Geduld
Mit Stern und Engel ohne Schuld
Du leuchten hast gesehen.

14.–15. April 1834

Vogel halte, laß dich fragen
Hast du nicht mein Glück gesehn
Hast du's in dein Nest getragen,
Ei dein Glück, ei sage wen?

Eine feine zarte Rebe
Und zwei Träublein Feuerwein
Drüber Seidenwürmer Gewebe
Drunter süße Maulbeerlein

Hier hab ich's im Arm gewieget
Hier am Herzen drückt ich's fest,
Lieblich hat sich's angeschwiegen.
Und du Vogel trugst's ins Nest.

Armer, Mann, dein Glück ich wette,
War ein Liebchen und kein Strauß
Ging aus deinem Arm zu Bette
Und du gingst allein zu Haus.

Meinst du? – Nun so sag mir Quelle
Hast du nicht mein Glück gesehn
Trug's ins Meer nicht deine Welle
Ei dein Glück, ei sage wen?

Eine tauberauschte Rose
Und zwei Rosentöchterlein
Frühlingsträume ihr im Schoße,
Wachten auf und schliefen ein.

Hier am Herzen hat's gehauchet,
Süßen Duft, Goldbienen schwer
Sind die Küsse eingetauchet.
Fort ist's – Ach du trugst's ins Meer

Armer Mann, dein Glück ich wette,
Linder war dein Rosenlos
Ging aus deinem Arm zu Bette
Heim trugst du die Dornen bloß.

Meinst du, will ich Taube fragen,
Hast du nicht mein Glück gesehn
Nicht ins Felsennest getragen?
– Ei dein Glück! – ei sage wen?

Eine goldne Honigwabe,
Süßen Seim und Wachs so rein
Aller Küsse Blumengabe
Schlossen drin die Bienen ein.

Ach ich trug es an die Lippen
Duftend, schimmernd, süß und lind
Durft ein bißchen daran nippen
War doch ein verwöhntes Kind.

Armer Mann, dein Glück, ich wette,
Linder war's, als Honigseim,
Ging aus deinem Arm zu Bette,
Und du gingest einsam heim.

Meinst du? – will ich Echo fragen,
Hast du nicht mein Glück gesehn,
Und willst allen wieder sagen?
Ei dein Glück, ei sage wen?

Einer Stimme süßes Klagen
Locken, Flüstern, Wonn und Weh,
Nachtigallen Traumeszagen
Bitte, bitte, geh o geh!

Mir am Herzen hat's gewehet
Alle Wonnen, allen Schmerz,
Wie ein Kinderseelchen flehet
Unter süßem Mutterherz!

Armer Mann! dein Glück, ich wette,
War ein linder träumend Wort,
Fleht' aus deinem Arm zu Bette,
Du gingst einsam dichtend fort.

Meinst du. – Muß ich Rose fragen,
Hast du nicht mein Glück gesehn
Birgt dein Schoß nicht süßes Zagen.
Ei dein Glück: Ei sage wen!

Süßes Duften, wachend Träumen,
Hülle, Fülle, süß und warm
Bienenkuß an Rausches Säumen
Irrend, suchend, Rausches arm.

Hier am Herzen hat's geblühet,
Meine Seele süß umlaubt,
Liebe hat mein Blut durchglühet,
Hoffnung hat doch nicht geglaubt.

Armer Mann, dein Glück ich wette
Linder war's, als Trunkenheit
Ging aus deinem Arm zu Bette
Du gingst einsam, kühl, es schneit.

Meinst du, frage ich die Sterne,
Habt ihr nicht mein Glück gesehn?
Sterne sehn ja Augen gerne.
Ei dein Glück? ei sage wen?

Lockennacht an Himmelsstirne
Sinnend, minnend Doppellicht,
Augen blitzend Glücksgestirne,
Andern Sternen folg ich nicht.

Sah's von Tränen tief verschleiert
Sah's von Sehnen tief durchglüht
Sah's durchleuchtet, sah's durchfeuert
Sah's wie Liebe blüht und flieht.

Armer Mann, dein Glück ich wette
War ein linder Augenschein,
Ging aus deinem Arm zu Bette,
Durch die Nacht gingst du allein

Meinst du, muß die Lilie fragen
Hast du nicht mein Glück gesehn
Reimt sich dir, doch darf's nicht sagen.
Ei dein Glück, ei sage wen?

Eine, eine, sag nicht welche,
Stand im Gärtchen nachts allein
Sah o Lilie! deine Kelche
Überströmt von Lichtesschein.

Hat von Lilien, Engeln, Sternen
Schon an meiner Brust geträumt,
Alle Nähen, alle Fernen
Mir mit Dichtergold gesäumt.

Sel'ger Mann, dein Glück, ich wette
Ist Emilie, fein und lieb
Ging aus deinem Arm zu Bette
Dir des Traumes Goldsaum blieb.

Meinst du, muß Emilien fragen,
Hast du wohl mein Glück gesehn
Hast du's in dein Bett getragen?
– Ei dein Glück, o sage wen?

Ein Süßlieb, schwarzlaubge Linde
Schwüle, kühle, süße Glut,
Feuermark in Eises Rinde
Hüpfend Kind in freudgem Blut.

Als ich in tiefen Leiden
Verzweifelnd wollt ermatten,
Da sah ich deinen Schatten
Hin über meine Diele gleiten,
Da wußt ich, was ich liebte,
Und was so schrecklich mich betrübte,
O Wunder aller Zierde,
Du feine ernste Myrte.

7. Juni 1834.
Aus einem Briefe nach Karlsbad

Was heiß aus meiner Seele fleht,
Und bang in diesen Zeilen steht
Das soll dich nicht betrüben
Die Liebe hat es ausgesäet
Die Liebe hat hindurchgeweht,
Die Liebe hat's getrieben

Und ist dies Feld einst abgemäht,
Arm Lindi durch die Stoppeln geht,
Sucht Ähren, die geblieben,
Sucht Lieb, die mit ihr untergeht,
Sucht Lieb, die mit ihr aufersteht,
Sucht Lieb, die ich mußt lieben!

22. Juni 1834.
Nach Karlsbad

Den ersten Tropfen dieser Leidensflut,
In der ich wehrlos, elend bin ertrunken,
Und auch von dieser grimmen Glut,
Die all mein Sein verzehrt, den ersten Funken,
Des Traumes Blumenrand, wo ich geruht,
Eh in des Schmerzes Abgrund ich gesunken.
Das erste Tröpflein von dem Feuerblut,
In das ich wagt, den Finger einzutunken,
Um wehe mir! mit irrer Wut
An Leib und Seele liebeszaubertrunken
Von mir zu schleudern, weh! mein letztes Gut,
Und weh! mit meinem Elend noch zu prunken
Vor meiner Seele, arger Übermut!
– Ich kenn das all, schiffbrüchig auf dem Meer
Schwimmt drohend es in Trümmern um mich her.
Weh! – der Syrene nackte Schulter blank,
An der gescheitert ich den Sinn verloren,
Zuckt dort empor und weh! – das Leibchen schlank,
Das kranke Herz, das mich zu Tod geboren,
Die Hand, die mich getauft, genährt mit Zaubertrank,
Sie hebt sich drohnd – es schallt zu meinen Ohren:
»Mein lieber armer Freund! wie krank! wie krank!
Horch! Schlummerlied vom Schicksal eines Toren,
Viel hättest du mir helfen, nützen können,
Nun muß die Flut, die uns umarmt, uns trennen,
Die Woge die mich kühlet, dich verbrennen!«

Auf wundenvoller Straße
Mußt du gespenstend gehen,
Wo dir mit allem Maße
Ich Quelle aller Wehen,
Ich Welle aller Wonnen,
Die Adern hab durchronnen.

Wo mich, die dir vertrauet,
Du schmählich hast verloren,
Wo, was du kaum erbauet –
– O schon' des kranken Toren
Schlaf, schreiendes Gewissen! –
Du nieder hast gerissen!

O Platz der Promenade!
Haus, gelb mit zweien Pforten,
Da fandst du Recht für Gnade,
Bist hingerichtet worden,
Wo du dich hast verschuldet,
Hast du dein Recht erduldet.

Dein Geist hat keinen Frieden
Nach deinem Tod gefunden,
Er muß mit ewgem Sieden
Der Tränen mich umrunden,
Weil Flammen er erweckte,
Die kühle Woge deckte.

Weh Flammen, grüne Flammen,
Die nun mit blinden Trieben
Dem Holze neu entstammen,
Das er zur Glut gerieben,
Und wenn es wieder grünet,
Ist er noch nicht versühnet.

Und wenn es wieder blühet
Und weiß von Blüten kühlet,
Und heiß von Früchten glühet,
Ein Feuer dich durchwühlet,
Das Feuer meiner Triebe,
Das Feuer deiner Liebe.

O Herr, hör laut im Traume
Die arme Seele wimmern,
Ach laß dir aus dem Baume
Für sie ein Kreuz doch zimmern
Und richt es auf am Pfade,
Wo sie verlor die Gnade!

Schreib drauf, weil er erwühlet
Die Glut, die ich bedecket,
Er nun die Flammen fühlet,
Die selbst er hat erwecket,
Bis Glut von meinem Herde
Einst diese Glut verzehrte.

Und bis die Promenade
Ein Saatfeld goldner Körner
Ein Erntefeld der Gnade,
Und rings im Zaun nur Dörner,
Und bis dies Kreuz wird blühen,
Muß diese Seele glühen

Bis dahin betet alle
Für diese arme Seele,
Daß sie nicht tiefer falle
Und still die Tränen zähle,
Bis Herzblut der Syrenen
Heiß wird, wie Reuetränen.

Und als sie so gesungen
Ein bißchen süß gegaukelt,
Und sich herum geschwungen
Geschlungen und geschaukelt
Rief sie: Gut Nacht mein Brüderchen
Addio! schreib, mach Liederchen.

Nun streifet mein Gebieterchen
Schon ab das feine Miederchen
Und streckt die reinen Gliederchen,
O Engel seine Hüterchen,
Deckt sie mit dem Gefiederchen,
Und singt ihr kleine Liederchen,
Baut eure keuschen Nesterchen
Und legt ein englisch Pflästerchen
Ans Herz dem neuen Schwesterchen,
Daß es, was gut es eingeschnürt,
Nun aufgeschnürt nicht gleich verliert!

14. Juli 1834

Ich weiß wohl, was dich bannt in mir,
Die Lebensglut in meiner Brust,
Die süße zauberhafte Zier,
Der bangen tiefgeheimen Lust,
Die aus mir strahlet, ruft zu dir,
Schließ mich in einen Felsen ein,
Ruft doch arm Lind durch Mark und Bein:
Komm, lebe, liebe, stirb an mir,
Leg dir diesen Fels auf deine Brust,
Du mußt, mußt.

Gleich der Lilie, die erhöhet
Unter Dornen leuchtend steht,
So die Freundin rein erhöhet
Unter andern Töchtern steht.

Wie die Lilie leuchtend strahlet
Klar und rein und ohne Schuld,
Steht Maria lichtdurchstrahlet
Von des Himmels Gnad und Huld.

Dornen viel aus ihrem Stamme
Trafen sie in ihrem Sohn,
Doch des Herzens reine Flamme
Gab für Bittres süßen Lohn;

Denn wenn sie die Dornen spornen,
Duftet sie nochmal so süß,
Drum als Lilie unter Dornen
Sie das hohe Lied auch pries.

In der Lilie sieben Speere
Tragen goldne Körnlein lind,
Weil des heilgen Geistes Ehre
Siebenfach in Strahlen rinnt.

Nieder sind sie reich getauet
Zu des ewgen Königs Sohn,
Als er liebend hat gebauet
In der Lilie seinen Thron.

Einst auch strahlt zur letzten Stunde,
Wenn er uns zu richten kehrt,
Aus des ewgen Wortes Munde
Rechts die Lilie, links das Schwert.

Rechts die Lilie, die Gnade,
Links das Schwert, gerecht und streng,
Links hin führen breite Pfade,
Rechts hin Pfädlein, schmal und eng.

O du Lilie unter Dornen!
O du Mutter gnadenvoll!
Lasse mich durch Leiden spornen,
Wie ich rechts hin wandeln soll.

Gut wohl ist es mit den Frommen
Fromm zu sein, mit Reinen rein,
Aber es ist hoch vollkommen,
Unter Dornen Lilie sein.

Drum in Dornen hoch erhöhet
Die geliebte Lilie blüht,
Die da für die Sünder flehet,
Bis das Heil sie niederzieht.

Bis aus ihr, dem Kelch der Gnade,
Stieg des heilgen Geistes Frucht,
Jesus, der auf dorngem Pfade
Das verlorne Schäflein sucht,

Der da durch die Dornen dringet
Nach der Lilie, nach der Braut,
Bis er sie zu Tage ringet
In der Kirche Blut betaut,

Die mit Rosen hoch verzieret,
Die mit Lilien rein geschmückt,
In den Martyr'n triumphieret,
In den Jungfraun still entzückt.

Die als Brautleib auserwählet
Mit des höchsten Königs Sohn
Ewig jubelnd wird vermählet
Vor des Vaters heilgem Thron.

Siehst die Lilie du, Adele!
Und das Kindlein auch dabei,
Sorge treu, daß deine Seele
Für das Kindlein Lilie sei!

Dieses Lied sang von der Lilie,
Der in Dornen weidend geht,
Weil sie reimet auf Emilie,
Die sub rosa sich versteht.

Gärtnerlied im Liedergarten der Liebe

Du dauerst mich Seele!
Der so hat gesungen
Die lieblichste Kehle,
Die süß'ste der Zungen.
Wie kannst du noch leben,
Noch andere Lippen
Mit Küssen umschweben?
Ich ging in den Klippen
Berauschet zu Grund,
Hätt je mich so innig,
So innig und sinnig
Der blühende Mund
Der Lieder-Sirene
Begrüßet im Bund.
Ein Liebender bin ich
Und weih eine Träne
Dir, nüchterne Seele,
Dir hat Philomele
In Liedern gerungen,
Mich hat sie bezwungen,
Den Garten der Wonne
Der andern zu bauen,
O süßes Vertrauen!
Ich lenke die Bronnen,
Die trunken verronnen,
Daß frisch sie betauen
Die Blumen, die Lichter,
Die Sterne, die Strahlen,
Die Farben der Dichter,
Um Liebe zu malen,
O seliges Dienen!
Dem Herzen, dem armen
Ist's süß, zu erwarmen

So sonnenbeschienen
Vom Himmel der Augen
Ist's süß, um die schwülen
Gefühle zu kühlen,
Die tötenden Gluten
In hüpfende Fluten
Der Lieder zu tauchen,
Worin sie die Schmerzen,
Die Feuer aushauchen
Vom liebenden Herzen
Ergoß und erkühlte,
Bis Friede sie fühlte.
O Gluten durchwühlt mich,
In denen sie wühlte,
O Fluten umkühlt mich,
In denen sie kühlte,
O Wellen umspielt mich,
In denen sie spielte,
O Blüten umblüht mich,
In denen sie blühte,
O Lieder durchglüht mich,
In denen sie glühte,
O stammelnde Lieder
Voll Wahrheit und Güte,
Mit feurigem Hauche,
Mit Tränen im Auge,
Klingt wieder, klingt wieder,
Mein sind eure Leiden,
Das Ringen, das Zagen,
Das Scheiden, das Meiden,
Das bittre Entsagen.
Weint nieder, weint nieder,
Ihr stammelnden Lieder.
Euch liebt sie, euch schrieb sie,
Ich lieb euch, ich lieb sie,
Doch sie liebt nicht wieder,
Ihr sehnenden Lieder!

Süß ist, eure schlanken
Verlangenden Ranken
Mit Zier auf und nieder
Zu schlingen, zu winden,
In Lauben zu binden;
Und muß hin und wieder
Ein Reblein ich schneiden,
Muß gleich ich mit leiden,
Die Wunden, sie weinen,
Da muß ich mich sehnen,
O liebliche Lieder!
Es sind eure Tränen
Auch immer die meinen,
So such ich und finde
Die süßen Gedanken
Und binde und winde
Sie träumend in Schranken.
Und irre die Pfade
Der Luftlabyrinthe
Bis hin zum Gestade,
Wo unter der Linde
Die dichtende Gnade
Dem liebenden Kinde
Im geistigen Bade
So leuchtend, so linde
Erkühlet die Glut,
O selige Flut,
O trunkener Spiegel
Der schimmernden Glieder,
Du küßtest das Siegel
Der lieblichen Lieder,
Wie war dir zu Mut?
Und wie ich so sehne,
Da lockt die Sirene;
Komm nieder, komm nieder,
Hier hat sie geruht,
Hier duftet der Flieder,

Hier ist es so gut,
Hier löst sie das Mieder
Und taucht in die Flut
Das Wonnegefieder
Der Phönix; ihr Blut
Hat hier in den Wogen
Gebadet die Triebe
Und ist dann geflogen
Durch Feuer und Glut,
Und hat seine Liebe,
Die rot war, verglühet,
Bis weiß sie erblühet
In heiligem Licht,
So sang ein Gedicht.

Mich aber, mich haben
Die Wogen begraben,
In Flammen so rot
Ergriff mich der Tod!
Ach! wüßt es die Linder
Sie riefe die Kinder,
Und käme mit Segen
Ans Ufer gekniet
Und sänge ein Lied,
Das Gott könnt bewegen,
Weil gern sie vergibt,
Sich mein zu erbarmen,
Des Ärmsten der Armen,
Der heiß sie geliebt,
Der alles ihr Lieben
Auch selber muß üben
Und der in den Trieben,
Die sie überlebt,
Zu sterben nicht bebt.

Die Abendwinde wehen,
Ich muß zur Linde gehen,
Muß einsam weinend stehen,
Es kommt kein Sternenschein;
Die kleinen Vöglein sehen
Betrübt zu mir und flehen,
Und wenn sie schlafen gehen,
Dann wein ich ganz allein!
»Ich hör ein Sichlein rauschen,
Wohl rauschen durch den Klee,
Ich hör ein Mägdlein klagen
Von Weh, von bitterm Weh!«

Ich soll ein Lied dir singen,
Ich muß die Hände ringen,
Das Herz will mir zerspringen
In bittrer Tränenflut,
Ich sing und möchte weinen,
So lang der Mond mag scheinen,
Sehn ich mich nach der Einen,
Bei der mein Leiden ruht!
»Ich hör ein Sichlein rauschen *etc.*«

Mein Herz muß nun vollenden,
Da sich die Zeit will wenden,
Es fällt mir aus den Händen
Der letzte Lebenstraum.
Entsetzliches Verschwenden
In allen Elementen,
Mußt ich den Geist verpfänden,
Und alles war nur Schaum!
»Ich hör ein Sichlein rauschen *etc.*«

Was du mir hast gegeben,
Genügt ein ganzes Leben
Zum Himmel zu erheben;
O sage, ich sei dein!

Da kehrt sie sich mit Schweigen
Und gibt kein Lebenszeichen,
Da mußte ich erbleichen,
Mein Herz ward wie ein Stein.
»Ich hör ein Sichlein rauschen *etc.*«

Heb Frühling jetzt die Schwingen,
Laß kleine Vöglein singen,
Laß Blümlein aufwärts dringen,
Süß Lieb geht durch den Hain.
Ich mußt mein Herz bezwingen,
Muß alles niederringen,
Darf nichts zu Tage bringen,
Wir waren nicht allein!
»Ich hör ein Sichlein rauschen *etc.*«

Wie soll ich mich im Freien
Am Sonnenleben freuen,
Ich möchte laut aufschreien,
Mein Herz vergeht vor Weh!
Daß ich muß alle Tränen,
All Seufzen und all Sehnen
Von diesem Bild entlehnen,
Dem ich zur Seite geh!
»Ich hör ein Sichlein rauschen *etc.*«

Wenn du von deiner Schwelle
Mit deinen Augen helle,
Wie letzte Lebenswelle
Zum Strom der Nacht mich treibst,
Da weiß ich, daß sie Schmerzen
Gebären meinem Herzen
Und löschen alle Kerzen,
Daß du mir leuchtend bleibst!
»Ich hör ein Sichlein rauschen,
Wohl rauschen durch den Klee,
Ich hör ein Mägdlein klagen
Von Weh, von bitterm Weh!«

Abschied dem Jahre 1834

Leb wohl du Jahr voll Tränen!
O lasse mich an deinem letzten Tag
Noch einmal selig wähnen,
Daß ich an einem Kinderherzen lag!

Geh hin du Jahr voll Tränen!
Tritt glaubend hin vor Gottes Thron,
Er wird um krankes Sehnen
Dich strenge richten, nimmer doch um Hohn!

O selig Jahr voll Tränen!
War dir auch früh das tiefre Wort geraubt,
So war der Strom der Tränen
Zu ihren Füßen oft dir doch erlaubt!

O liebes Jahr voll Tränen!
O dichte Saat, wie segnend reift dein Schmerz,
O hochbelohnt! mein Sehnen!
Ich fühlte jauchzend, ja! sie hat ein Herz!

O Jahr von heißen Tränen!
Geheimnisvoller, als sie weiß, berauscht,
Was all sie kann verschönen,
Du hast in Tränen sterbend es belauscht.

O Jahr voll bittrer Tränen!
Ist irgend Gottes Wahrheit offenbar,
Ist vieles hier nur Wähnen,
So opfre, weine darum am Altar!

O Jahr voll tiefer Tränen!
Du magst vertraut dein armes müdes Haupt
Ans Kreuz nur ruhig lehnen,
Du hast geliebet, hast gehofft, geglaubt.

O teures Jahr voll Tränen!
Du bist in bittrer Reue Flut getauft,
Der wird uns auch versöhnen,
Der uns mit seiner Weihe Blut erkauft.

Geh hin! du Jahr voll Tränen!
Geh, werfe dich zu ihren Füßen hin!
Und wasche sie mit Tränen
Sag ihr, daß ich ihr armer Bruder bin!

Ihr Bruder ganz in Tränen,
Ihr kranker Bruder, um die eigne Schuld,
Um fremde Schuld in Tränen,
Ihr Bruder weinend um der Väter Schuld!

O sterbe Jahr in Tränen
Weil unsrer Väter Schuld die Kinder trennt,
Und diesen scheint ein Wähnen
Was unsre Mutter ewge Wahrheit nennt.

Leb wohl du Jahr voll Tränen,
O lasse mich an deinem letzten Tag
Noch einmal selig wähnen,
Daß ich an einem Kinderherzen lag.

Weil meine Lieb' zum Grab gegangen,
Und in den starren Blick gesehn,
Und an dem stummen Mund gehangen,
Muß neu mein Schmerz heut auferstehn.

Im Osten hat mir's trüb getaget
Das freudige, das neue Licht;
Die lange Nacht lag ich verzaget,
Dein Abschiedswort verstand ich nicht.

Ein Wehelaut, du Herz der Güte,
Zwei Augen, die mich angeschaut,
Doch was drin flehte, was drin glühte,
Das ward mir Armen nicht vertraut.

Du fühltest wie so krank ich scheide,
Du edles, mitleidtrunknes Herz,
Und gabst erbarmend zum Geleite
Den Ton, den Blick, den eignen Schmerz.

Den Blick sah ich wohl vor mir stehen,
Die lange bang durchweinte Nacht,
Bis ich durch deines Wehlauts Flehen
Aus schönem Schlummer früh erwacht.

Da ist dein Schmerz mich wecken kommen,
Er legte mir auf's Herz die Hand,
Und sprach, du krankes Herz willkommen,
Weil heut der Heiland auferstand.

Willkomm, o Schmerz, so sprach ich wieder,
Mein Herz ist schwer, das Grab ist leer,
Und heiße Tränen sandt ich nieder,
Daß Tau auch in dem Garten wär.

Du zeihtest mich, daß viele Freuden
Mit andern ich nicht teilen kann,
So gib mir Leiden, Leiden, Leiden,
So nimm mein Herz zum Mitleid an.

Die Tränen, die so stürzend fließen,
Sind nicht auf Felsen aufgesät,
Ich weiß, daß Blumen daraus sprießen,
Und daß mein Lieben aufersteht.

Ja aufersteht mit allen Wunden
Nach langen Qualen lichtverklärt,
Wenn alles wieder ist verbunden,
Was zu dem Leib des Herrn gehört.

Jetzt da ich hin zum Garten irre,
Und in die Felsentale seh,
Da sproßt mein Schmerz wie bittre Myrrhe,
Da wird mein Herz wie Aloe.

Blind tapp ich an den Felsenwänden
Und streue auf dem Grabe aus,
Den ich gepflückt von linden Händen,
Den schmerzenvollen Blumenstrauß.

Komm mit, komm mit, schenk eine Träne,
Den Ton, den Blick, zur Spezerei,
Und grüße mit der Magdalene
Den Herrn durch einen Jubelschrei.

Alleluja!

Am Ufer bin ich gangen,
Sie schifften auf dem See,
Mein Herz war voll Verlangen,
Ich trug ein heimlich Weh;
Ein Weh, ein Wohl zu sein
So ganz allein, allein, allein!

Ich hab hinaus getragen
Mein Herz, und der es liebt,
Der muß zu Haus verzagen,
Der ist zum Tod betrübt,
Und hört die Turtel schreien
So ganz allein, allein, allein!

So ging ich wohl zwei Stunden,
Und ob ich sein gedacht
Nur wenige Sekunden,
Das hüll ich in die Nacht
Des stummen Herzens ein
So ganz allein, allein, allein!

Es stürmt, der See schlägt Wellen,
Unheimlich saust der Wind,
Nie will ich mich gesellen,
Ich wirres, irres Kind,
Dem, der mich liebt mit Pein
So ganz allein, allein, allein!

Und sollt er auch erblinden
In seiner Tränen Flut,
Nie will ich mich verbinden,
Dem ich am Herz geruht;
Stirbt er, grabt mir ihn ein
So ganz allein, allein, allein!

Schon zittern ihm die Schmerzen
Um das gebrochne Herz
Gleich stillen Totenkerzen;
Ich laß ihn, reißt der Schmerz
Ihm gleich durch Mark und Bein,
So ganz allein, allein, allein!

Es war sein ganzes Leben
Im bittern Weh verglüht,
Da hab ich ihn umgeben,
Da ist er neu erblüht;
Mein ist er, ich nicht sein
So ganz allein, allein, allein!

Wohin, wohin mich wenden?
Ich armes Waiselein,
Von allen Felsenwänden
Hör ich das Echo schrein,
Arm Kind, o du mußt sein
So ganz allein, allein, allein!

Die Wellen sind Gesellen,
Die Vöglein zwei und zwei,
In Ufern gehn die Quellen,
Sein Echo hat mein Schrei,
Und ruft vom Felsenstein
So ganz allein, allein, allein!

Viel bin ich umgezogen,
Hab redlich angeblickt,
War liebevoll gewogen,
Hab freundlich zugenickt!
Die Wahrheit ließ der Schein
So ganz allein, allein, allein!

Und wem ich bot zu trinken,
Der ward so schwer berauscht,
Er ließ den Becher sinken,
Und hat ihn leicht vertauscht,
Den Zauberbecher mein
So ganz allein, allein, allein!

Du einsam Kreuz am Pfade!
Scheu blicke ich hinan,
O süßer Herr der Gnade
Blick doch dein Schäflein an!
Treib treuer Hirt mich ein
Bald ganz allein, allein, allein!

Da spricht's: Tu keinem andern,
Was dir nicht soll geschehn,
Willst du nicht einsam wandern,
So laß nicht einsam stehn,
Laß nicht, willst du nicht sein
So ganz allein, allein, allein!

Will keiner mir begegnen
Auf diesem öden Pfad,
Soll ich die Welt gesegnen,
Verlassen am Gestad?
Da schallt ein Tritt – es naht
Wer ist's? – sein will ich sein
So ganz allein, allein, allein!

Sag liebrer Wandrer, bist du's,
So biete mir gut Zeit.
»Gelobt sei Jesus Christus!«
– In alle Ewigkeit.
Ach ja, wenn es soll sein
So ganz allein, allein, allein!

In Trauer begonnen,
In Reue vollendet
Zum Kreuz gewendet
Mit Tränen beronnen.

Willkomm, leb wohl!
So spricht ein liebend Grüßen
Zu Lichtern, die den Scheideblick versüßen,
Wenn Dichter unsre ewigen Gedanken
Vermählen in des Augenblickes Schranken.
O Glut! die wir entzünden
Auf Schätzen, die auf Ewgem gründen
Und in der Zeit verschwinden,
Du wirst verrechnet werden
Am Löhnungstag des Himmels auf der Erden!

Hast du den Schein verstanden,
Als ich im Hain gestanden,
Von meiner bunten Hülle,
Von meinen Wunden stille,
Von meines Herzens Tränen,
Von meines Auges Sehnen?
Hat dich gerührt, du feine Garbe,
Der braunen Weizenähre Farbe,
So hat es ein mir liebes Herz doch ausgesprochen,
Ein Herz von Schmerz gebrochen;
Es wird verrechnet werden
Am Löhnungstag des Himmels auf der Erden.

Kannst du mein Licht verstehen,
Wenn tiefe Schatten mich umwehen,
Wird auch mein still Erkennen
In deiner Lampe, kluge Jungfrau, brennen,
Könnt je, was tief mich rührt, dein Herz bewegen,
Wollt' ich in deine Hand es ruhig legen;
Der Seele Blick, so selten nur verstanden,
Des Herzens Schlag, des innig mir verwandten,
Wird all verrechnet werden
Am Löhnungstag des Himmels auf der Erden.

Konnt'st du, als ich vorüberging, mich lieben,
Erkenne auch, was dir von mir geblieben,
Und manche tiefe Aussicht mir erschlossen;
Des Taues Blick im Blumenkelch entsprossen,
Jed' Licht, jed' Wort, jed' leisen Klanges Wenden
Des kranken Herzen, das in Kinderhänden
Gleich einem Vogel stirbt, wird all verrechnet werden
Am Löhnungstag des Himmels auf der Erden.

Was du in mir verstehen kannst und lieben,
Ist, was dich lieben muß und ganz erkennen,
Und ist, was mich von dem, das dir geblieben,
Weil ich's geliebt, erkannt, nie mehr kann trennen,
Und wird verrechnet werden
Am Löhnungstag des Himmels auf der Erden.

Da wird Verwandtes bei Verwandtem stehen,
Und was wir liebten, werden wir verstehen,
Da wird, was du in mir geliebt, aus dir auch fruchten,
Und aus uns wird erblühen, was wir suchten;
Da wird in dir, was du in mir mußt lieben,
Und, was geliebt von mir, bei dir geblieben,
Gar streng verrechnet werden
Am Löhnungstag des Himmels auf der Erden.

Leb wohl, Willkomm! du feine kleine Garbe,
Wenn jemals ich nach heim'schem Brote darbe,
Seh ich die Zeilen an, die du geschrieben,
Und fühl mein Lieben drin, das dir geblieben,
Und denk der Herzen, die da unser denken,
Bis ihre Schmerzen sie zur Erde senken,
Die all verrechnet werden
Am Löhnungstag des Himmels auf der Erden.

Nachtigall, ich hör dich singen
's Herz im Leib möcht mir zerspringen,
Komme doch und sag mir bald,
Wie sich alles hier verhalt'.
Nachtigall, ich seh dich laufen,
An dem Bächlein tust du saufen,
Tunkst hinein dein Schnäbelein,
Meinst es sei der beste Wein!
Nachtigall, wohl ist gut wohnen
In der Linde grünen Kronen,
Bei dir, lieb Frau Nachtigall,
Küß dich Gott viel tausendmal!

Wenn der lahme Weber träumt, er webe,
Träumt die kranke Lerche auch, sie schwebe,
Träumt die stumme Nachtigall, sie singe,
Daß das Herz des Widerhalls zerspringe,
Träumt das blinde Huhn, es zähl' die Kerne,
Und der drei je zählte kaum, die Sterne,
Träumt das starre Erz, gar linde tau' es,
Und das Eisenherz, ein Kind vertrau' es,
Träumt die taube Nüchternheit, sie lausche,
Wie der Traube Schüchternheit berausche;
Kömmt dann Wahrheit mutternackt gelaufen,
Führt der hellen Töne Glanzgefunkel
Und der grellen Lichter Tanz durchs Dunkel,
Rennt den Traum sie schmerzlich übern Haufen,
Horch! die Fackel lacht, horch! Schmerz-Schalmeien
Der erwachten Nacht ins Herz all schreien;
Weh, ohn Opfer gehn die süßen Wunder,
Gehn die armen Herzen einsam unter!

Es ist ein Schnitter, der heißt Tod,
Er mäht das Korn, wenn's Gott gebot;
Schon wetzt er die Sense,
Daß schneidend sie glänze,
Bald wird er dich schneiden,
Du mußt es nur leiden;
Mußt in den Erntekranz hinein,
Hüte dich schöns Blümelein!

Was heut noch frisch und blühend steht
Wird morgen schon hinweggemäht,
Ihr edlen Narzissen,
Ihr süßen Melissen,
Ihr sehnenden Winden,
Ihr Leid-Hyazinthen,
Müßt in den Erntekranz hinein,
Hüte dich schöns Blümelein!

Viel hunderttausend ohne Zahl,
Ihr sinket durch der Sense Stahl,
Weh Rosen, weh Lilien,
Weh krause Basilien!
Selbst euch Kaiserkronen
Wird er nicht verschonen;
Ihr müßt zum Erntekranz hinein,
Hüte dich schöns Blümelein!

Du himmelfarben Ehrenpreis,
Du Träumer, Mohn, rot, gelb und weiß,
Aurikeln, Ranunkeln,
Und Nelken, die funkeln,
Und Malven und Narden
Braucht nicht lang zu warten;
Müßt in den Erntekranz hinein,
Hüte dich schöns Blümelein!

Du farbentrunkner Tulpenflor,
Du tausendschöner Floramor,
Ihr Blutes-Verwandten,
Ihr Glut-Amaranthen,
Ihr Veilchen, ihr stillen,
Ihr frommen Kamillen,
Müßt in den Erntekranz hinein,
Hüte dich schöns Blümelein!

Du stolzer, blauer Rittersporn,
Ihr Klapperrosen in dem Korn,
Ihr Röslein Adonis,
Ihr Siegel Salomonis,
Ihr blauen Cyanen,
Braucht ihn nicht zu mahnen.
Müßt in den Erntekranz hinein,
Hüte dich schöns Blümelein!

Lieb Denkeli, Vergiß mein nicht,
Er weiß schon, was dein Name spricht,
Dich seufzerumschwirrte
Brautkränzende Myrte,
Selbst euch Immortellen
Wird alle er fällen!
Müßt in den Erntekranz hinein,
Hüte dich schöns Blümelein!

Des Frühlings Schatz und Waffensaal
Ihr Kronen, Zepter ohne Zahl,
Ihr Schwerter und Pfeile,
Ihr Speere und Keile,
Ihr Helme und Fahnen
Unzähliger Ahnen,
Müßt in den Erntekranz hinein,
Hüte dich schöns Blümelein!

Des Maies Brautschmuck auf der Au,
Ihr Kränzlein reich von Perlentau,
Ihr Herzen umschlungen,
Ihr Flammen und Zungen,
Ihr Händlein in Schlingen
Von schimmernden Ringen,
Müßt in den Erntekranz hinein,
Hüte dich schöns Blümelein!

Ihr samtnen Rosen-Miederlein,
Ihr seidnen Lilien-Schleierlein,
Ihr lockenden Glocken,
Ihr Schräubchen und Flocken,
Ihr Träubchen, ihr Becher,
Ihr Häubchen, ihr Fächer,
Müßt in den Erntekranz hinein,
Hüte dich schöns Blümelein!

Herz, tröste dich, schon kömmt die Zeit,
Die von der Marter dich befreit,
Ihr Schlangen, ihr Drachen,
Ihr Zähne, ihr Rachen,
Ihr Nägel, ihr Kerzen,
Sinnbilder der Schmerzen,
Müßt in den Erntekranz hinein,
Hüte dich schöns Blümelein!

O heimlich Weh halt dich bereit!
Bald nimmt man dir dein Trostgeschmeid,
Das duftende Sehnen
Der Kelche voll Tränen,
Das hoffende Ranken
Der kranken Gedanken
Muß in den Erntekranz hinein,
Hüte dich schöns Blümelein!

Ihr Bienlein ziehet aus dem Feld,
Man bricht euch ab das Honigzelt,
Die Bronnen der Wonnen,
Die Augen, die Sonnen,
Der Erdsterne Wunder,
Sie sinken jetzt unter,
All in den Erntekranz hinein,
Hüte dich schöns Blümelein!

O Stern und Blume, Geist und Kleid,
Lieb, Leid und Zeit und Ewigkeit!
Den Kranz helft mir winden,
Die Garbe helft binden,
Kein Blümlein darf fehlen,
Jed' Körnlein wird zählen
Der Herr auf seiner Tenne rein,
Hüte dich schöns Blümelein!

Was reif in diesen Zeilen steht,
Was lächelnd winkt und sinnend fleht,
Das soll kein Kind betrüben,
Die Einfalt hat es ausgesäet,
Die Schwermut hat hindurchgeweht,
Die Sehnsucht hat's getrieben;
Und ist das Feld einst abgemäht,
Die Armut durch die Stoppeln geht,
Sucht Ähren, die geblieben,
Sucht Lieb, die für sie untergeht,
Sucht Lieb, die mit ihr aufersteht,
Sucht Lieb, die sie kann lieben,
Und hat sie einsam und verschmäht
Die Nacht durch dankend in Gebet
Die Körner ausgerieben,
Liest sie, als früh der Hahn gekräht,

Was Lieb erhielt, was Leid verweht,
Ans Feldkreuz angeschrieben,
O Stern und Blume, Geist und Kleid,
Lieb, Leid und Zeit und Ewigkeit!

Engel, die Gott zugesehn
Sonn und Mond und Sterne bauen,
Sprachen: Herr, es ist auch schön,
Mit dem Kind ins Nest zu schauen.

O Traum der Wüste, Liebe, endlos Sehnen,
Blau überspannt vom Zelte, Stern an Stern;
O Wüstenglut voll Tau, o Lieb voll Tränen,
Weil sich unendlich Nahes ewig fern.

O Wüstentraum, wo Lieb auf Herzschlag lauschet,
Wenn flüchtgen Wildes Huf die Wüste drischt,
O Traum, wo der Geliebten Schleier rauschet,
Wenn Geierflug im Sandmeer Schlangen fischt.

O Wüstentraum, wo Liebe träumt zu fassen
Jetzt Josephs Mantelsaum mit durstger Hand,
Da geißelt wach, verhöhnt halb, ganz verlassen
Ihr Herz, der Wüste Geißel, glüher Sand.

O Liebe, Wüstentraum der Sehnsuchtspalme,
Die blütenlos Gezweig zum Himmel streckt,
Bis segnend in des höchsten Liedes Psalme
Der Engel sie mit heilgem Fruchtstaub weckt.

O Wüste, Traum der Liebe, die verachtet
Vom Haus verstoßen mit der Hagar irrt,
Wo schläft der Quell? da Ismael verschmachtet,
Bis deine Brust ihm eine Amme wird.

O Wüstentraum der Liebe, die sich sehnet,
Steigt nie ein Weiherauch aus dir empor?
Geht duftend, auf den Bräutigam gelehnet,
Nie meine Seele heil aus dir hervor?

O Wüste, wo das Wort der ewgen Liebe
Im unversehrten Dorn vor Moses flammt,
Ein Zeugnis, daß die Mutter Jungfrau bliebe,
Aus deren Schoß der Sohn der Gottheit stammt.

Lieb', Wüstentraum, so laut des Rufers Stimme,
»Bereit' den Weg des Herrn!« dir mahnend schallt,
Summt in des Löwen Schlund dir doch die Imme,
Die Süßes baut im Rachen der Gewalt.

O Durst der Liebe, Wüstentraum, wann spaltet
Der Herr den Fels, daß Wasser gibt der Stein,
Wann deckt in dir den Tisch, der gütig waltet,
Wann sammle ich das Himmelbrot mir ein?

Durst, Liebe, Wüstentraum, dort scheint am Hügel
Der Morgenstrahl, ein Hirtenfeuer weiß,
Wo Durst gewähnt des Wasserfalles Spiegel
Fand Liebe ein Geschiebe Fraueneis.

O Liebe, Wüstentraum des Heimatkranken,
Ihr Paradiese, schimmernd in der Luft,
Ihr Sehnsuchtsströme, die durch Wiesen ranken,
Ihr Palmenhaine, lockend in dem Duft.

O Liebe, Wüstentraumquell, beim Erwachen
Rauscht dir kein Quell, es wirbelt glüher Sand,
Es saust das Haus der Schlangen und der Drachen
Und prasselt nieder an der Felsenwand.

O Wüstentraum, wo Sehnsucht Feuer trinket,
Und Liebe angehaucht vom giftgen Smum,
Ohn Trost und Hoffnung tot zur Erde sinket; –
O Tod ohn Liebe, Hoffnung, Ehr und Ruhm!

O Wüstentraum der Lieb! in der Oase
Labt dich am Quell, der zwischen Palmen glänzt,
Ein schlankes Kind – die Schlange ist's im Grase,
Der Räuber Kundschaft'rin, ein Truggespenst.

O Liebe, Wüstentraum, nach kurzem Gasten
Sprengt dich der Räuber gastfrei an mit Hohn:
»Mein Brüderchen! entlaste dich zum Fasten,
Wo denkest du hinaus, mein lieber Sohn?«

O Liebe, Wüstentraum, du mußt verbluten,
Beraubt, verwundet, trifft der Sonne Stich,
Der Wüste Speer dich, und in Sandesgluten
Begräbt der Wind dich, und Gott findet dich!

Anhang

Zu dieser Ausgabe

Zur Auswahl

Angesichts der Fülle der überlieferten Lyrik Brentanos – die vorgesehenen sechs Bände der historisch-kritischen Brentano-Ausgabe werden voraussichtlich nicht ausreichen, um das Material mit Lesarten und Erläuterungen zu fassen – muß sich der Herausgeber auf eine paradigmatische Auswahl beschränken. Nur im Ausnahmefall können mehrere Fassungen eines Textes geboten werden; in den Anmerkungen wird auf abweichende Fassungen hingewiesen. Auf den Abdruck längerer erzählender Texte wie der Alhambra-Dichtung, des Mosel-Eisgangs-Lieds oder der Marina-Legende mußte ebenso verzichtet werden wie auf die Kantaten auf den Tod der preußischen Königin Luise und zur Einweihung der Berliner Universität. Die Qualität von Lyrik hat jedoch etwas mit ihrer Kürze zu tun, und auch in der vorliegenden Auswahl wird deutlich, daß die kürzeren Texte die bedeutenderen sind; die Interpreten gaben ihnen den Vorzug, und die Ermüdung beim Lesen setzt unweigerlich ein, wenn Versrhythmus, Motive und syntaktische Muster sich über mehrere Seiten wiederholen. Trotzdem enthält der vorliegende Band einige längere Versdichtungen, will er doch beispielhaft das gesamte lyrische Schaffen Brentanos vorstellen.

Anhaltspunkte für die Auswahl ergeben sich aus dem Bestand an Abschriften, die Clemens Brentano 1837–40 von Anna Barbara Sendtner im Hinblick auf eine Gesamtausgabe seiner Werke anfertigen ließ [s. Literaturhinweise, Abschn. II,3: Schultz, 1976, und im vorliegenden Band S. 233–236)[1]. Fast alle von Brentano genannten Texte wurden einbezogen; doch konnte sich die Auswahl keinesfalls auf die mehr oder minder zufällig erhaltenen Sendtner-Abschriften beschränken. Brentano selbst stand 1837 nur ein Teil seiner Lyrik zur Verfügung, viele Gedichte waren Bestandteil seiner Briefe und

1 Im folgenden werden die in den Literaturhinweisen der vorliegenden Ausgabe verzeichneten Publikationen durch die Angabe der römischen Ziffer des jeweiligen Abschnitts dieser Bibliographie sowie des Verfassernamens – gelegentlich des Titels eines Sammelbandes – und gegebenenfalls der Seitenzahl zitiert. Sind im selben Abschnitt mehrere Schriften des gleichen Autors aufgeführt, wird der Verfassername um die Angabe des Erscheinungsjahrs der Publikation ergänzt. Eine Seitenangabe allein bezieht sich stets auf die Paginierung der vorliegenden Ausgabe.

befanden sich deshalb bei Achim und Bettine von Arnim, Luise Hensel oder Emilie Linder (um nur die bekannteren unter Brentanos Briefpartnern zu nennen). Seinen Freund Johann Friedrich Böhmer bat Brentano, alle greifbaren Texte abzuschreiben.

Wolfgang Frühwalds überzeugende These, daß Brentano in seiner Münchener Spätzeit zwischen öffentlichem und privatem Werk unterschied und Lyrik nur für seine Freundin Emilie Linder schrieb, während das ›öffentliche Werk‹ die religiösen Schriften zu den Visionen der Anna Katharina Emmerick umfaßt, kann auf die Auswahl der Gedichte keinen Einfluß haben. Die an Luise Hensel und Emilie Linder gerichtete Liebeslyrik übertrifft an Qualität die für soziale Zwecke oder zum Lobe der Anna Katharina Emmerick geschriebenen wenigen lyrischen Texte bei weitem.

Um die Entwicklung des Lyrikers Brentano zu zeigen, wurden die Gedichte chronologisch nach der Entstehung geordnet, jedoch können nicht alle Texte sicher datiert werden, und die Beschränkung auf den Abdruck einer einzigen Fassung macht die zeitliche Einordnung oft problematisch. Das gilt insbesondere bei Gedichten, die der Dichter selbst ›umgewidmet‹ hat, z. B. bei Gedichten, die er zunächst für Luise Hensel schrieb, um sie Jahrzehnte später mit wenigen Veränderungen seiner Altersfreundin Emilie Linder zu widmen. Die Hinweise zur Datierung in den Anmerkungen geben hier Aufschluß.

Zur Textgestalt

Als Druckvorlage zu den einzelnen Gedichten dienten die Erstdrucke und Handschriften des Dichters, die in den Anmerkungen im einzelnen angegeben werden. Für die Genehmigung zum Abdruck der Handschriften aus dem Freien Deutschen Hochstift (Frankfurter Goethe-Museum) danke ich dem Direktor, Herrn Professor Dr. Christoph Perels.

Die Orthographie aller Texte wurde behutsam und unter Wahrung des Lautstands dem heutigen Gebrauch angeglichen. Einige wenige Eingriffe des Herausgebers, die dem Verständnis des heutigen Lesers dienen, sind in den Anmerkungen einzeln verzeichnet.

Die Interpunktion folgt den in den Anmerkungen genannten Handschriften und Druckvorlagen. Brentanos eigenwillige, regellose und oft nachlässige Zeichensetzung blieb also erhalten, auch in den

Fällen, wo Verse bzw. Strophen ohne Satzzeichen schließen. Eingegriffen wurde nur da, wo Brentanos Zeichensetzung zu Verständnisschwierigkeiten führen würde; auch diese Korrekturen sind in den Anmerkungen nachgewiesen. Bei Gedichtschlüssen ohne irgendein Satzzeichen wurde grundsätzlich ein Punkt gesetzt, d. h. ergänzt.

Die Apostrophsetzung in den Handschriften und Drucken schwankt. Apostrophe wurden in der vorliegenden Ausgabe lediglich gesetzt, wo ansonsten eine ungewohnte Wortgestalt oder eine mißverständliche grammatische Form möglich gewesen wäre.

Ergänzungen des Herausgebers stehen in eckigen Klammern. Unterstreichungen (bei handschriftlichen Textvorlagen) und Sperrungen (bei gedruckten Vorlagen) sind einheitlich durch Kursivierung wiedergegeben.

Anmerkungen

Abkürzungen

abw. F	abweichende Fassung(en)
Aloys und Imelde I und II	Clemens Brentano: Aloys und Imelde. Hrsg. von Agnes Harnack. In: C. B.: Sämtliche Werke. Hrsg. von Carl Schüddekopf. Bd. 9,2. München/Leipzig: Georg Müller, 1912. [Fassung I und II.]
BJ	Biblioteka Jagiellońska, Krakau
D	Druckvorlage
FBA	[Frankfurter Brentano-Ausgabe] Clemens Brentano: Sämtliche Werke und Briefe. Hist.-krit. Ausg. Veranst. vom Freien Deutschen Hochstift. Hrsg. von Jürgen Behrens, Konrad Feilchenfeldt, Wolfgang Frühwald, Christoph Perels und Hartwig Schultz. Stuttgart: Kohlhammer, 1975 ff.
FDH	Freies Deutsches Hochstift – Frankfurter Goethe-Museum
Frühlingskranz	Clemens Brentano's Frühlingskranz, aus Jugendbriefen ihm geflochten, wie er selbst schriftlich verlangte. [Hrsg. von Bettine von Arnim.] Erster [und einziger] Bd. Charlottenburg: Egbert Bauer, 1844.
Gockelmärchen	Gockel Hinkel Gakeleja. Mährchen, wieder erzählt von Clemens Brentano. Frankfurt a. M.: Schmerber, 1838.
Gockel und Hinkel	Clemens Brentano: Gockel und Hinkel. In der Urfassung zum erstenmal nach der Handschrift des Dichters veröffentlicht von Karl Vietor. Frankfurt a. M.: Hans Gieschen, 1923.
Godwi I, II	Godwi oder Das steinerne Bild der Mutter. Ein verwilderter Roman von Maria [Clemens Brentano]. 2 Bde. Bremen: Friedrich Wilmans, 1801–02.

Gründung Prags — Die Gründung Prags. Ein historisch-romantisches Drama. Von Clemens Brentano. Pest/Leipzig: Conrad Adolph Hartleben und Gerhard Fleischer dem Jüngern, 1815.

GS — Clemens Brentano's Gesammelte Schriften. Hrsg. von Christian Brentano [und Emilie Brentano]. 9 Bde. Frankfurt a. M.: Sauerländer, 1852–55.

Guignard — René Guignard: Chronologie des poésies de Cl. Brentano. Avec un choix de variantes. Paris: E. Droz, 1933.

Hs — Handschrift

Jaeger — Hans Jaeger: Clemens Brentanos Frühlyrik. Chronologie und Entwicklung. Frankfurt a. M.: Diesterweg, 1926.

Jb — Jahrbuch

Limburger — Clemens Brentano und Minna Reichenbach. Ungedruckte Briefe des Dichters. Hrsg. von W. Limburger. Leipzig: Insel, 1921.

Märchen I, II — Die Märchen des Clemens Brentano. Zum Besten der Armen nach dem letzten Willen des Verfassers hrsg. von Guido Görres. 2 Bde. Stuttgart/Tübingen: Cotta, 1846–47.

Memoria — Hartwig Schultz (Hrsg.): Clemens Brentano (1778–1842) zum 150. Todestag. Bern [u. a.]: Lang, 1993. (Memoria.)

Mallon — Brentano-Bibliographie (Clemens Brentano. 1778–1842). Hrsg. von Otto Mallon. Berlin: Fraenkel, 1926. Unveränd. Nachdr. Hildesheim: Olms, 1965.

Ponce — Ponce de Leon. Ein Lustspiel von Clemens Brentano. Göttingen: Heinrich Dieterich, 1804.

Sänger — Clemens Brentano: Der Sänger. In: Kalathiskos [hrsg.] von Sophie Mereau. Erstes Bändchen. Berlin: Heinrich Frölich, S. 151 bis 224.

Schröder — Clemens Brentano: Ausgewählte Gedichte. Zum hundertsten Todestage unter Benutzung

	des handschriftlichen Nachlasses neu hrsg. von Sophie Brentano und Rudolf Alexander Schröder. Berlin: Suhrkamp, 1943.
Schultz	Clemens Brentano: Gedichte. Nach kürzlich entdeckten Handschriften und Plänen des Dichters hrsg. v. Hartwig Schultz. Aschaffenburg: Paul Pattloch, 1979.
UL	Das unsterbliche Leben. Unbekannte Briefe von Clemens Brentano. Hrsg. von Wilhelm Schellberg† und Friedrich Fuchs. Jena: Diederichs 1939.
Viktoria	Viktoria und ihre Geschwister mit fliegenden Fahnen und brennender Lunte. Ein klingendes Spiel von Clemens Brentano. Berlin: Maurersche Buchhandlung, 1817.
W	Clemens Brentano. Werke. 4 Bde. Hrsg. von Wolfgang Frühwald, Bernhard Gajek und Friedhelm Kemp. 2., durchges. und im Anh. erw. Aufl. München: Hanser, 1978.
Wunderhorn I – III	Des Knaben Wunderhorn. Alte deutsche Lieder. Gesammelt von L. Achim von Arnim und Clemens Brentano. 3 Bde. Heidelberg: Mohr und Zimmer, 1806–08.

7 [Stolz sei wer Mensch sich fühlet]

D: Faksimile der Stammbuchhandschrift. In: Die Gartenlaube. Nr. 40. 4. Oktober 1928. S. 843.
Brentano schrieb die alkäischen Odenstrophen am 22. Januar 1798 in Halle einem unbekannten Freund ins Stammbuch.

Z. 8 schmählichem] schmäligem

7 Faselei

D: Jaeger, S. 222 f.
Von Juni 1798 bis Herbst 1800 war Brentano als Student der Medizin in Jena immatrikuliert. Die Überschrift setzte er später – vermutlich erst bei Sichtung seiner Handschriften für die geplante Sammelausgabe 1837 – über den Text. Anfangszeile, Rhythmik und Thematik erinnern an Goethes freie Verse seiner Hymnen der

Sturm-und-Drang-Zeit. Während Goethe auf die antike Götterwelt Bezug nimmt, stellt Brentano mit dem Hinweis auf die sieben Bitten des Vaterunsers eine direkte Verbindung zur christlichen Lehre her.

10 Simphonie

D: Satiren und poetische Spiele von Maria [Clemens Brentano]. Erstes [und einziges] Bändchen. Gustav Wasa. Leipzig: Wilhelm Rein, 1800. S. 72 f. (vgl. FBA 12, S. 69).
Innerhalb des (nach dem Vorbild von Ludwig Tiecks satirischen Märchenspielen) geschriebenen Dramas *Gustav Wasa* läßt Brentano Musikinstrumente auftreten. Hier spricht ein ganzes Orchester bzw. die musikalische Form der Sinfonie, die schon in den frühromantischen Schriften von Tieck und Wilhelm Heinrich Wackenroder als Höhepunkt instrumentaler Musik gefeiert wird. Musik spielt in der frühromantischen Poetik neben der Malerei eine hervorragende Rolle.

11 Phantasie

D: Memnon. Eine Zeitschrift. Hrsg. von August Klingemann. Bd. 1. Leipzig: Wilhelm Rein, 1800. S. 131–134. Nachdr. Nendeln: Kraus, 1971.
Die gereimten Kurzverse orientieren sich an Versen, wie sie Ludwig Tieck in seiner Frühzeit (z. B. in Gedichteinlagen des Romans *Franz Sternbalds Wanderungen* [1798]) verwendete.

14 [So weit als die Welt]

D: Godwi I, S. 17 (vgl. FBA 16, S. 16).

14 [Die Seufzer des Abendwinds wehen]

D: Godwi I, S. 126 f. (vgl. FBA 16, S. 81 f.).

15 [Wenn der Sturm das Meer umschlinget]

D: Godwi I, S. 218–222 (vgl. FBA 16, S. 137–140).

18 [Die Liebe fing mich ein mit ihren Netzen]

D: Godwi I, S. 229 (vgl. FBA 16, S. 144).

18 [Schnell nieder mit der alten Welt]

D: Godwi I, S. 256 (vgl. FBA 16, S. 164).

19 Szene aus meinen Kinderjahren

D: Godwi I, S. 260–268 (vgl. FBA 16, S. 167–174).
Das autobiographische Gedicht beschreibt z. T. Erfahrungen aus dem Frankfurter Handelshaus der Brentanos, dem »Haus zum goldnen Kopf« in der Sandgasse. Dort befand sich eine große Bildersammlung. Als Lektüre nennt er das Werk *Teutsche Academie der Edlen Bau- Bild- und Malerey-Künste*, 3 Bde., Nürnberg 1675–79, von Joachim von Sandrart und die Sammlung mit Stichen von Matthäus Merian d. Ä., *Topographia*, 30 Tle., Frankfurt a. M. 1642–88. Früh verlor Brentano Mutter und Vater: Maximiliane Brentano (geb. von La Roche) starb 1793, Peter Anton 1797. Die Erinnerung an die geliebte Mutter verdichtet sich zum Bild der Marmorfrau (vgl. den Titel des Romans: *Godwi oder Das steinerne Bild der Mutter*).

25 [Sprich aus der Ferne]

D: Godwi I, S. 285 f. (vgl. FBA 16, S. 184 f.).

26 [Sonne willst du untergehen]

D: Hs FDH-7515.
Lied des Franzescho im Drama *Cecilie* (vgl. FBA 12, S. 323 f.); Teile dieses (in der Forschung zum Teil als *Italienisches Schauspiel* bezeichneten Werkes) sind im ersten Band des *Godwi* verarbeitet (vgl. FBA 16, S. 690).

27 [Von den Mauern Widerklang]

D: Hs FDH-7515.
Aus dem Drama *Cecilie* (vgl. FBA 12, S. 337); abw. F: FBA 30 (*Frühlingskranz*), S. 303 f.

27 [Der Gottheit hoher Tempel ist zerstöret]

D: UL, S. 133 f. (vgl. FBA 29, S. 195 f.).
Aus einem Brief an die Schwester Sophie Brentano vom Februar 1800.

28 [Es senke sich ein leiser Traum hernieder]

D: UL, S. 134 (vgl. FBA 29, S. 196).
Aus einem Brief an die Schwester Sophie Brentano vom Februar 1800.

28 [Tief unter mir ist alle Welt geschwunden]

D: Hs FDH-10176 (vgl. FBA 29, S. 203).
Aus einem Brief an die Schwägerin Antonie Brentano vom Februar 1800; abw. F: *Lebe der Liebe und liebe das Leben. Der Briefwechsel von Clemens Brentano und Sophie Mereau*, mit einer Einl. hrsg. von Dagmar von Gersdorff, Frankfurt a. M.: Insel, 1981. S. 76.

28 [Die Klage, sie wecket]

D: GS 8, S. 113 (vgl. FBA 29, S. 217 f.).
Aus einem Brief an die Schwägerin Antonie, Ende April bzw. Anfang Mai 1800. Das Gedicht bezieht sich auf den Tod von Antonie Brentanos Kind Mathilde.

29 [O lieber Gott, so mild und lind]

D: Sänger, S. 223 f. (vgl. FBA 19, S. 82).
Z. 2 Erbarmen] Erbarmen,

29 Sonett

D: Limburger, S. 30 (vgl. FBA 29, S. 248).
Aus einem Brief an Minna Reichenbach, Mitte Juli 1800.

30 [Auf Dornen oder Rosen hingesunken]

D: Hs FDH-7742 (vgl. FBA 29, S. 285).
Aus einem Brief an Friedrich Karl von Savigny, Anfang November 1800; abw. F: vgl. S. 80. Das Sonett, das durch Enzensbergers Interpretationen berühmt wurde, steht am Ende des Briefes, wobei Brentano aus einem Brief an den befreundeten August Winkelmann zitiert und den Gedichttext folgendermaßen einleitet: »Die Liebe kehrte in mir ein, und wollte ein allegorisches Bild mahlen, aber es war die Liebe nicht, es waren die unatürlichen Geschwister Schönheit und Leiden. [. . .] Das Leiden mahlte länger fort, aber da die Farben der Schönheit fehlten, konnte sie nichts, als das Bild verzerren [. . .]. Aber in mir ist eine Skizze geworden – [. . .].« (FBA 29, S. 284 f.)

31 [Als hohe in sich selbst verwandte Mächte]

D: Godwi II, S. VIII-X (vgl. FBA 16, S. 262–264).

33 [Unter des lebenden]

D: Godwi II, S. 39–42 (vgl. FBA 16, S. 300–303).
Im Prosakontext als Gebet bezeichnet.

35 An S.
D: Godwi II, S. 83–88 (vgl. FBA 16, S. 330–334).
An die kurz vorher gestorbene Schwester Sophie gerichtet.

39 [O Tannebaum! o Tannebaum!]
D: Godwi II, S. 92–95 (vgl. FBA 16, S. 336–339).
Diese Variation des volkstümlichen Liedes wird im Roman *Godwi* als Wechselgesang von Mädchen und Chor (Refrain) gesungen.

41 [Ich hab das Lämplein angesteckt]
D: Godwi II, S. 99 f. (vgl. FBA 16, S. 342).

42 Großmutter Schlangenköchin
D: Wunderhorn I, S. 19 f. (vgl. FBA 6, S. 16–18).
Im *Wunderhorn* mit der Quellenangabe: »Aus mündlicher Ueberlieferung in Maria's Godwi. Bremen 1802. II. B. S. 113. abgedruckt.« Die Fassung im *Godwi* weicht nur geringfügig ab, weist jedoch als Sprecher »Mutter« und »Kind« aus (vgl. FBA 16, S. 351 f.).

43 Annonciatens Bild
D: Godwi II, S. 195 (vgl. FBA 16, S. 407).
An die Schwester Bettine gerichtet.

43 Mariens Bild
D: Godwi II, S. 196 (vgl. FBA 16, S. 407 f.).
An die Schwester Meline gerichtet.

44 [Ein Fischer saß im Kahne]
D: Godwi II, S. 216–220 (vgl. FBA 16, S. 421–424).
Abw. F u. d. T. *Auf dem Rhein*: W I, S. 98–101.

47 [Ein Ritter an dem Rheine ritt]
D: Godwi II, S. 320 f. (vgl. FBA 16, S. 490 f.).

49 [Zu Bacharach am Rheine]
D: Godwi II, S. 392–396 (vgl. FBA 16, S. 535–539).
Abw. F u. d. T. *Lureley*: W I, S. 115–118. – Brentano hat die Geschichte von der verführerischen Zauberin (Hexe) Lorelei aufgrund der lokalen Gegebenheiten – des Echofelsens (›Lei‹ heißt Felsen) und der gefährlichen Schiffspassage – vermutlich selbst erfunden. Das Lorelei-Motiv wurde in der Lyrik des 19. Jahrhunderts vielfach

aufgegriffen, auch das noch heute populäre Lied Heinrich Heines geht indirekt auf Brentano zurück.

52 [Ich wollt ein Sträußlein binden]

D: Ponce, S. 99 f. (vgl. FBA 12, S. 454 f.).
Im Kontext des Lustspiels von Valeria gesungen.

53 [Nach Sevilla, nach Sevilla]

D: Ponce, S. 212 f. (vgl. FBA 12, S. 567).
Im Stück ein Lied der Valeria.

54 [Die Liebe lehrt]

D: Die lustigen Musikanten, S. 44 f. (vgl. FBA 12, S. 843).

54 [Hör, es klagt die Flöte wieder]

D: Die lustigen Musikanten, S. 22 f. (vgl. FBA 12, S. 819).
Im Kontext des Singspiels ein Duett des blinden Piast und seiner Führerin Fabiola.

55 [Wie sich auch die Zeit will wenden, enden]

D: Frühlingskranz, S. 198 f. (vgl. FBA 30, S. 144 f.).
Möglicherweise von Brentanos Schwester Bettine bearbeitet, die den Briefwechsel mit ihrem Bruder erst postum 1844 herausgab und vielfach in die überlieferten (heute verschollenen) Manuskripte eingriff. – Brentanos Verse mit dem charakteristischen Binnenreim in der ersten und dritten Strophenzeile basieren auf einem Lied des Minnesängers Walther von Klingen (vgl.: *Die Schweizer Minnesänger*, nach der Ausg. von Karl Bartsch neu bearb. und hrsg. von Max Schiendorfer, Tübingen 1990, S. 34).

Z. 22 verlange] verlangen

56 [Wenn ich ein Bettelmann wär]

D: Frühlingskranz, S. 71 f. (vgl. FBA 30, S. 63).
Vermutlich hat Bettine, Brentanos Schwester, die Strophen bearbeitet.

56 [Lieb und Leid im leichten Leben]

D: Hs UB Mainz (vgl. FBA 30, S. 338 f.).
Aus einem Brief an Bettine von Arnim, Brentanos Schwester, vom 22. 6. 1802; abw. F u. d. T. *Frühes Liedchen*: W I, S. 129 f., und im Brief an Savigny vom 22. 6. 1802 (FBA 29, S. 448 f.).

Z. 9 Blicken] Blicken,

57 [Am Rheine schweb ich her und hin]

D: Hs UB Mainz (vgl. FBA 30, S. 340).
Aus einem Brief an die Schwester Bettine; abw. F der ersten Strophe: FBA 29, S. 469, W III, S. 96 f. und Guignard, S. 33.

Z. 13 tauchet] tauget Z. 24 Krippelein] Kripelein Z. 33 dich] dich, Z. 39 Ruh] Ruh,

59 [Es sang vor langen Jahren]

D: Hs FDH-7535 (vgl. FBA 29, S. 498).
Aus einem Brief an Achim von Arnim vom 6. 9. 1802; abw. F: FBA 19, S. 96 f., 200 f. (*Chronika eines fahrenden Schülers*, beide Fassungen); W I, S. 131 nach der Hs im Goethe-Museum Düsseldorf u. d. T. *Der Spinnerin Lied*.

Z. 1 Jahren] Jahren, Z. 24 möchte] mögte

60 [Die Rose blüht, ich bin die fromme Biene]

D: Hs FDH-7568 (vgl. FBA 29, S. 523 f.).
Aus einem Brief an Johanna Kraus, Ende September 1802. – Der Text geht auf ein Gedicht von Christian Weise (1642–1708) zurück (vgl. W I, S. 1061). Brentano verarbeitete diese Quelle mehrfach: im *Wunderhorn* (FBA 6, S. 236), im Drama *Aloys und Imelde* (vgl. S. 87) und im *Tagebuch der Ahnfrau* (W III, S. 854). Vgl. auch die Lesarten zu einer weiteren Fassung bei Guignard, S. 36–38.

60 [Aus Köllen war ein Edelknecht]

D: Hs FDH-7534 (vgl. FBA 29, S. 560–564).
Aus einem Brief an Achim von Arnim vom 24./25. 12. 1802; abw. F u. d. T.: *Hermann des treuen Gottschalks Sohn*: W I, S. 150–153.

In der Hs sind die ersten vier Strophen numeriert.

Z. 1 Edelknecht] Edelknecht, Z. 59 hält] hält,

63 [Kaum hörst du auf, so fang ich an]

D: BJ (vgl. FBA 31, S. 25–27).
Aus einem Brief an Sophie Mereau vom 10. 1. 1803. Brentano heiratete die Schriftstellerin (nach ihrer Scheidung) am 29. 11. 1803.

Z. 11 gewußt,] gewust. Z. 23 Gewalt] Gewalt,

64 [Es setzten zwei Vertraute]

D: Hs FDH-7537 (vgl. FBA 31, S. 45).
Aus einem Brief an Achim von Arnim vom 6. 2. 1803. – Reminiszenz an die gemeinsame Rheinreise von Brentano und Achim von Arnim.

65 [Es stehet im Abendglanze]

D: Hs FDH-7540 (vgl. FBA 31, S. 89–91).
Aus einem Brief an Achim von Arnim vom 11. 5. 1803; abw. F: FBA 30, S. 272–275 (Bearbeitung Bettine von Arnims). – Das Gedicht ist der Tänzerin Marianne Jung (später: von Willemer) gewidmet (vgl. W I, S. 1068).

67 [Süßer Mai du Quell des Lebens]

D: BJ (vgl. FBA 31, S. 94).
An Sophie Mereau am 15. 5. 1803 zu ihrem Namenstag.
Z. 14 Bienen] Biene

68 [Ich wohnte unter vielen vielen Leuten]

D: Frühlingskranz, S. 386–388 (vgl. FBA 30, S. 269 f.).
Möglicherweise von Bettine von Arnim bearbeitet.
Z. 35 Fittich] Fittig

69 [Es saß der Meister vom Stuhle]

D: Zeitschrift für deutsche Philologie 57 (1968) S. 210.
Parodie auf Goethes Ballade *Der König in Thule*, die sich gegen Goethe selbst richtet.

70 Gesang der Liebe als sie geboren war

D: Hs FDH-7933.
Titel von Brentano später hinzugefügt; abw. F: Brief an Arnim vom 12. 10. 1803 (FBA 31, S. 241–244) u. d. T. *Meine Liebe an Sophien die ihre Mutter ist*; FBA 19, S. 193–196 (*Aus der Chronika eines fahrenden Schülers*); Briefe an Sophie Mereau vom 22. 8. und 1./2. 10. 1803 (nur Str. 12 bzw. 3) (vgl. FBA 31, S. 135 und 206). – Sophie war – als Brentano seine Briefe schrieb – schwanger. Der gemeinsame Sohn wurde am 11. Mai 1804 geboren, starb aber bereits am 19. Juni des gleichen Jahres.

72 [Süßer Maie Blütenjunge]

D: Jb FDH 1962, S. 230 (vgl. FBA 31, S. 319).
Beilage zu einem Brief an Karoline von Günderrode vom 1. Mai 1804.

72 Laß rauschen Lieb, laß rauschen

D: Wunderhorn II, S. 50 (vgl. FBA 7, S. 50).
Das Gedicht ist aus drei verschiedenen Quellen zusammengefügt, wobei die Vorlagen stark verändert (modernisiert, metrisch geglättet, von mundartlichen Elementen befreit und ›romantisiert‹) wurden. Die letzte Strophe dichtete Brentano hinzu, die Quellenangabe »mündlich« vertuscht den Tatbestand. Vgl. FBA 9,2, S. 111–113, sowie Hartwig Schultz: »Die Varianten der historisch-kritischen Wunderhorn-Edition und der Kunstvolksliedton«, in: *Edition und Interpretation. Akten des deutsch-französischen Editorenkolloquiums. Berlin 1979*, hrsg. von Louis Hay und Winfried Woesler, Bern / Frankfurt a. M. 1981 (Jahrbuch für Internationale Germanistik, Reihe A, Kongreßberichte, 11), S. 271–279.

73 St. Meinrad

D: Wunderhorn III, S. 170–176 (vgl. FBA 8, S. 169–175).
Bei der Planung einer Sammelausgabe seiner Lyrik (vgl. Nachwort, S. 233–236) nennt Brentano dieses Lied als einziges aus dem *Wunderhorn*. Wie das vorige (*Laß rauschen Lieb, laß rauschen*) zeigt es Brentanos Virtuosität, einen scheinbar alten Text zu schaffen. Aus einer umfangreichen Prosa-Legende zu St. Meinrad übernimmt er nur das Handlungsgerüst und einzelne Worte, das lyrische Gebilde ist sein Werk. Abweichend vom sonstigen Verfahren im *Wunderhorn* gibt Brentano keine Quelle an. – Almoseniere (Z. 60) ist eine Almosenpflegerin.

78 [Trippel Trippel trap, trab, trap]

D: Hs FDH-8086b.
Angeregt durch das *Wunderhorn*-Gedicht *Säuberliches Mägdelein* (vgl. FBA 7, S. 412).

80 Über eine Skizze. Verzweiflung an der Liebe in der Liebe

D: Hs FDH-7929. Abw. F: vgl. S. 30 (mit Anm.).

81 [Nicht alle wissen so wie du zu schauen]

D: Hs FDH-7718,4.

Das erst vor kurzer Zeit zum erstenmal veröffentlichte Gedicht ist dem Maler Caspar David Friedrich gewidmet. Brentano sah auf der Berliner Kunstausstellung im September 1810 dessen Bilder »Mönch am Meer« und »Abtei im Eichwald« und verfaßte nicht nur (mit Achim von Arnim gemeinsam) den Text *Verschiedene Empfindungen vor Friedrichs Seelandschaft*, sondern auch zwei Gedichte, die im *Jahrbuch des Freien Deutschen Hochstifts* (Tübingen 1991, S. 113–115) erstmals publiziert sind. – Brentano intendierte in seinem Entwurf vermutlich ein Sonett, und die Zeilen 11 und 12 sind dann als Ersatz für die eingeklammerten (von Brentano in der Handschrift nicht gestrichenen) Zeilen 10 und 13 gedacht. Zu den Einzelheiten vgl.: Petra Maisak / Hartwig Schultz, »Verschiedene Empfindungen bei einem Berliner Ausstellungsbesuch. Ungedruckte Texte aus dem Nachlaß Clemens Brentanos«, in: *Jahrbuch des Freien Deutschen Hochstifts 1991*, Tübingen 1991, S. 109–130.

81 [Du Herrlicher! den kaum die Zeit erkannt]

D: Berliner Abendblätter. Nr. 69. 19. Dezember 1810. S. 273 f.

Das Gedicht steht in einem Aufsatz zum Tode des Malers Philipp Otto Runge (1777–1819).

83 [Nun, gute Nacht! mein Leben]

D: Märchen I, S. 2 f. (vgl. FBA 17, S. 13–15).

Von einem Freund Brentanos, dem Historiker Johann Friedrich Böhmer, schon vorab in der Zeitschrift *Iris* (1826) veröffentlicht (abw. F: W I, S. 239–241). Brentano protestierte gegen den Teilabdruck aus den Rheinmärchen.

84 [Singet leise, leise, leise]

D: Märchen I, S. 335 (vgl. FBA 17, S. 252).

In den *Mährchen vom Rhein* singt Lureley dieses Lied, das von »sieben Jungfräulein« mit jeweils einigen Strophen beantwortet wird.

85 [Säusle, liebe Myrte!]

D: Märchen I, S. 483–485.

Die beiden Strophen sind in der Ausgabe der Märchen durch Prosatext getrennt; Johann Friedrich Böhmer hat sie bereits 1827 in der *Iris* publiziert.

86 [Hörst du, wie die Brunnen rauschen?]

D: Märchen I, S. 485 f.
Ebenfalls schon 1827 von Böhmer in der *Iris* veröffentlicht.

86 [An dem Feuer saß das Kind]

D: Aloys und Imelde I, S. 91 f.
Im Kontext des Trauerspiels ein Lied Zingas.

87 [Die Lilie blüht, ich bin die fromme Biene]

D: Aloys und Imelde I, S. 101 f.
Im Drama gesungen von Aloys und nach der ersten Strophe durch einen Dialog mit Imelde unterbrochen; vgl. S. 60 mit Anm.

87 [Dein Lied erklang, ich habe es gehöret]

D: Aloys und Imelde II, S. 367 f.
Im Drama von Aloys gesungen. Das Lied variiert Brentanos Verse *Die Rose blüht* bzw. *Die Lilie blüht*, die ihrerseits auf einen Text von Christian Weise (1642–1708) zurückgehen.

88 [Wohlan! so bin ich deiner los]

D: Hs FDH-6166.
Vermutlich 1812 nach der Scheidung von Auguste Bußmann, seiner zweiten Ehefrau, geschrieben. – Der Text spielt auf die emotional gespannte Beziehung und die Selbstmorddrohungen Auguste Bußmanns an, die Brentano als 16jährige unter spektakulären Umständen (bald nach dem Tod von Sophie Mereau) geheiratet hatte.

Z. 22 mochte] mogte   mochte] mogte

90 [Ich träumte hinab in das dunkle Tal]

D: Hs FDH-8085.

Z. 96 Mal] Mahl [bei der wechselhaften Orthographie Brentanos mehrdeutig]

97 [Die Welt war mir zuwider]

D: Hs FDH-8085.

99 [Es leben die Soldaten]

D: Viktoria, S. 93 f.
Durch Goethes *Soldatenlied aus Wallensteins Lager* (»Es leben die Soldaten«) angeregt.

101 Nachklänge Beethovenscher Musik

D: Dramaturgischer Beobachter. Nr. 3. 7. Januar 1814. S. 10 f.
Zu Wellingtons Sieg über die Armee Napoleons bei Vittoria (21. 6. 1813) schrieb Beethoven ein sinfonisches ›Schlachtengemälde‹ (op. 91), dessen Aufführung Brentano in Wien erlebte.

104 [Wie du sollst in Schönheit wallen]

D: Deutsche Rundschau 195 (1923) S. 179.
(Abw. F: W I, S. 319.) Brentanos Verse sind an den Architekten Karl Friedrich Schinkel gerichtet, mit dem Brentano befreundet war. Ihm und dem Dichter und Publizisten Joseph Görres widmete Brentano das patriotische Festspiel *Viktoria und ihre Geschwister.* Dabei geriet ihm das Widmungsgedicht zu Schinkel so lang, daß er nur einen Teil drucken konnte (»Hier brech ich ab. Ich hatte hingerissen / Wohl funfzig solcher Strophen Dir gesungen«; vgl. W I, S. 343). Die im Nachlaß überlieferten Entwürfe, die sich im einzelnen mit Schinkels Kulissen und seinen Berliner Bauprojekten auseinandersetzen, wurden in einer Mainzer Dissertation aufgearbeitet: Michael Grus, *Brentanos Gedichte »An Görres« und »An Schinkel«. Historisch-kritische Edition der bislang ungedruckten Entwürfe mit Erläuterungen*, Frankfurt a. M. [u. a.] 1993.

105 [In dem Lichte wohnt das Heil]

D: Historisch-politische Blätter für das katholische Deutschland. Nr. 76. München 1875. S. 587.
Stammbucheintrag für Johann Nepomuk Ringseis, datiert: Berlin, den 8. März 1815.

105 [Wenn es stürmet auf den Wogen]

D: Viktoria, S. 110–112.
Entstanden am 24. 1. 1816 (vgl. W I, S. 1119).

107 Frühlingsschrei eines Knechtes aus der Tiefe

D: Hs FDH-15795.
Aus einem Brief an Johann Friedrich Böhmer vom 8. 2. 1824 (vgl. GS IX, S. 449–71); abw. F: GS VIII, S. 212 (an Luise Hensel, 1817); W I, S. 610–623 (Abschrift für Luise Hensel aus dem Jahre 1838); Schröder, S. 220–223. – Nach Brentanos eigenen Angaben entstand das Lied im Frühjahr 1816 vor der Begegnung mit der protestantischen Pfarrerstochter Luise Hensel. »Damit sie aber einen Begriff habe, wie es mir in der Einsamkeit des Herzens zumute ist, so

schreibe ich ihr ein Lied hieher, das die Betrachtung des vorigen Frühling sang aus der Tiefe des Lebens«, schreibt er ihr im Dezember (zit. nach W I, S. 1124). Am 27. Februar 1817 legte Brentano in Berlin eine Generalbeichte ab, im September 1818 ging er nach Dülmen zu der stigmatisierten Anna Katharina Emmerick, einer ehemaligen Augustinernonne, deren Visionen Brentano bis zu ihrem Tode (1824) aufzeichnete und später in seinen religiösen Werken verarbeitete.

110 [Ich kenn ein Haus, ein Freudenhaus]
D: Hs FDH-22244 (Sendtner-Abschrift).

114 Des toten Bräutigams Lied
D: Hs FDH-22244 (Sendtner-Abschrift).
Nach Guignard (S. 84) 1816 oder 1817 entstanden. – Zur zugrundeliegenden Begebenheit vgl. Schultz, S. 298.

117 Jäger und Hirt
D: Hs FDH-22244 (Sendtner-Abschrift).
F von 1817 (Schultz, S. 144); abw. F u. d. T. *Der Jäger an den Hirten*: FBA 31, S. 145–147 und S. 238–241 (Briefe an Achim von Arnim vom 23. 8. und 12. 10. 1803).

122 [O wie so oft]
D: Hs FDH-8128.
Die erste Str. ist wörtlich aus Achim von Arnims Roman *Die Kronenwächter* (1817) übernommen.

124 [Kein Tierlein ist auf Erden]
D: Gockel und Hinkel, S. 87–89.
Im Zusammenhang des Märchens sind die Strophen ein Prozessionslied der Mäuse.

125 [Ich bin durch die Wüste gezogen]
D: Hs der Stadt- und Landesbibliothek Dortmund.
Aus einem Brief an Luise Hensel; abw. F: W I, S. 348 und 349–353 (u. d. T. *Lied von der Wüste*).

130 Wiegenlied eines jammernden Herzen

D: Hs FDH-22244 (Sendtner-Abschrift).

Die Überschrift, die lange als kitschige Zutat der Herausgeber des 19. Jahrhunderts galt, ist in der zugrundeliegenden Handschrift von Brentano eigenhändig eingesetzt.

Z. 71 linde] Linde [möglicherweise Anspielung auf Brentanos Freundin Emilie Linder]

133 Frühes Lied

D: Hs FDH-11109 (Abschrift des Dichters für Luise Hensel, vermutlich 1819).

Nach Angaben von Luise Hensel soll das Lied bereits Anfang 1817 entstanden sein (vgl. W I, S. 1133).

134 [Die Erde war gestorben]

D: Hs FDH-11109.

Um 1817 für Luise Hensel geschrieben (W I, S. 1135); abw. F: W I, S. 375.

134 Frühmorgenlied vom Kirschblütenstrauß

D: Hs FDH-22244 und Hs FDH-11142,21 (ab Str. 28) (Sendtner-Abschrift; Titel von Emilie Brentano nach der zugrundeliegenden Hs Brentanos ergänzt).

140 25. August 1817

D: Hs FDH-11109 (Abschrift Brentanos für Luise Hensel, vermutlich 1819).

Abw. F für Emilie Linder u. d. T. *Kettenlied eines Sklaven an die Fesselnde zur letzten Stunde des Jahres 1834 geschlossen* (W I, S. 596–601).

141 [Es war einmal die Liebe]

D: Hs FDH-22244 (Sendtner-Abschrift).

Abw. F: W I, S. 416–418.

144 [Das Elend soll ich einsam bauen]

D: Hs FDH-8064 und Hs FDH-8018.

Zur Textkonstitution und Datierung auf »Sommer 1818« vgl. W I, S. 1147. Abweichend von W I werden in der vorliegenden Ausgabe zwei Strophen angeschlossen, die von Brentano in der Handschrift durch Klebstoff so befestigt sind, daß sie Strophe 4 und 5 überdekken. Bei diesem Verfahren bleibt unklar, ob diese Strophen 6 und 7 die beiden überdeckten ersetzen sollen oder als Ergänzung (vor oder nach Strophe 4 und 5) gedacht sind.

145 Bestellte Poesie

D: Hs FDH-22244 (Sendtner-Abschrift).
1819 für Gretchen Diepenbrock geschrieben, später auch anderen Kranken übermittelt (vgl. Guignard, S. 89 f.). Der Titel ist von Brentano eigenhändig in die Abschrift eingefügt.

149 [Wer ist ärmer als ein Kind]

D: Hs FDH-22244 (Sendtner-Abschrift).
An Apollonia Diepenbrock gerichtet, eine schwesterliche Freundin Brentanos; vermutlich 1822 entstanden; abw. F: W I, S. 455–459 u. d. T. *Ermunterung zur Kinderliebe und zum Kindersinne*.

153 La Vierge aux Rochers

D: Hs FDH-22244 (Sendtner-Abschrift).
Die Verse beziehen sich auf das bekannte Bild Leonardo da Vincis, das Brentano als Stich besaß und am 28. April 1822 mit dem Gedichttext verschenkte (Schultz, S. 301).

154 [Nimm hin den Faden durch das Labyrinth]

D: [Clemens Brentano:] Bilder und Gespräche aus Paris. In: Historisch-politische Blätter für das katholische Deutschland. Bd. I. München 1838. S. 415 f. (vgl. FBA 22,1, S. 597 f.).
Brentano übergab das Lied mit einem Stadtplan von Paris einem Sohn seines Freundes Hermann Joseph Dietz 1826 (vgl. W I, S. 1155).

155 [Meine Irrtümer in diesem Liede]

D: GS IX, S. 258 f.
Aus einem Brief an Luise Hensel vom 27. 10. 1831; nach Angaben dieses Briefes ist das Gedicht wesentlich früher entstanden und an eine Freundin von Luise gerichtet.

155 [Herr, dir sei Lob und Dank]

D: GS I, S. 116–118 verglichen mit einer Abschrift Emilie Brentanos (Hs FDH-22244).
1830 Röschen Scharf gewidmet (vgl. Z. 85). Zur Textkonstitution vgl. Schultz, S. 302.

158 Weihnachtlied

D: Hs FDH-22244 (Abschrift Emilie Brentanos).
Vermutlich Röschen Scharf gewidmet (vgl. Schultz, S. 303).

160 Die Gottesmauer

D: Auswahl deutscher Gedichte. Für höhere Schulen. Von Dr. K. E. P. Wackernagel, Berlin 1832. S. 446 f.
Eine von Brentano selbst erstellte Überarbeitung des Textes, dessen erste Fassung vermutlich Anfang Februar 1816 (vgl. W I, S. 326–332 und S. 1120–23) aufgrund eines Zeitungsberichts entstand. Das Lied wurde im Kreis der Berliner Neupietisten rasch populär und kursierte in vielen Abschriften und einem Einblattdruck.

162 [Jesuskind, du Licht der Blinden]

D: Hs FDH-8010a.
Vermutlich 1833/34 entstanden.

163 10. Jänner 1834

D: Hs FDH-8104.
Erstes bekanntes Liebesgedicht an die Geliebte der Spätzeit, die Baseler Malerin Emilie Linder, die Brentano im Oktober 1833 in München kennengelernt hatte.

164 An eine Feder 17. Jänner 1834

D: Hs FDH-8108.
In der Handschrift endet der Text mit einem Komma am unteren Rand des Blattes. Es wäre deshalb denkbar, daß eine Fortsetzung des Textes verloren ist. Gegen eine solche Vermutung spricht allerdings die Tatsache, daß die Rückseite des Blattes leer ist und ein erhaltener Entwurf ohne Komma an der gleichen Stelle endet. So könnte ein Brieftext auf einem zweiten Blatt gefolgt sein.

Z. 34 liebe.] liebe,

165 [Ein Becher voll von süßer Huld]

D: Hs FDH-8103.
An Emilie Linder gerichtet.

166 14.–15. April 1834

D: Hs FDH-8097a.

Z. 68 Birgt] Birgts

170 [Als ich in tiefen Leiden]
D: Hs FDH-8161.

170 7. Juni 1834. Aus einem Briefe nach Karlsbad
D: Hs FDH-8055.
Vgl. das Gedicht »Was reif in diesen Zeilen steht«, S. 197.

171 22. Juni 1834. Nach Karlsbad
D: Hs FDH-8107b.

174 14. Juli 1834
D: Hs FDH-8105a.

174 [Gleich der Lilie, die erhöhet]
D: Hs FDH-22244 (Sendtner-Abschrift).
1834 für Emilie Linder geschrieben.

177 Gärtnerlied im Liedergarten der Liebe
D: Hs FDH-22244 (Sendtner-Abschrift).
Gedichttitel und Name der Angesprochenen von Brentano eingesetzt; vermutlich 1834 für Emilie Linder verfaßt.

181 [Die Abendwinde wehen]
D: GS II, S. 221–223.
Nach W I, S. 1173 vermutlich schon 1817 für Luise Hensel geschrieben; mit dem Refrain jedoch für Emilie Linder bestimmt. Zu dem Refrain vgl. den von Brentano aus drei verschiedenen Quellen erarbeiteten *Wunderhorn*-Text *Laß rauschen Lieb, laß rauschen* (S. 72).

183 Abschied dem Jahre 1834
D: Hs FDH-8100b.
Z. 26 Haupt] Haupt,

184 [Weil meine Lieb' zum Grab gegangen]
D: Hs FDH-22244 (Sendtner-Abschrift).
Vermutlich Ostern 1835 nach einem gescheiterten Heiratsantrag an Emilie Linder verfaßt (Schultz, S. 305).

186 [Am Ufer bin ich gangen]
D: Hs FDH-22244 (Sendtner-Abschrift).
Vermutlich 1835 für Emilie Linder entstanden.

190 [Willkomm, leb wohl]
D: Hs FDH-22244 (Sendtner-Abschrift).
Stammbuchverse, die vermutlich 1836 entstanden sind (vgl. Schultz, S. 305).

192 [Nachtigall, ich hör dich singen]
D: Gockelmärchen, S. 78 f.
Nach dem Lied *Frau Nachtigal* des *Wunderhorn* (FBA 6,87).

192 [Wenn der lahme Weber träumt, er webe]
D: Gockelmärchen, S. 271 f.

193 [Es ist ein Schnitter, der heißt Tod]
D: Gockelmärchen. S. 334–337.
Abw. F: FBA 16, S. 509 f. (*Godwi*) und FBA 6, S. 51 (*Erndtelied* im *Wunderhorn*).

196 [Was reif in diesen Zeilen steht]
D: Gockelmärchen, S. 345.
Vgl. das Lied für Emilie Linder S. 170.

197 [Engel, die Gott zugesehn]
D: Antiquariat Fritz Eggert. Kat. 61. Stuttgart 1966. S. 21 (Faksimile).
Widmungsverse Brentanos in einem Exemplar des Gockelmärchens.

197 [O Traum der Wüste, Liebe, endlos Sehnen]
D: GS II, S. 194–196.
Nach W I, S. 1189 ein »Teil der vom Autor nicht veröffentlichten Partien der Marina-Legende«.

Literaturhinweise

Verzeichnet ist im wesentlichen nur die seit 1978 erschienene Literatur. Angeschlossen wird damit an die Bibliographie der Studienausgabe von 1978: Clemens Brentano, *Werke*, 4 Bde., hrsg. von Wolfgang Frühwald, Bernhard Gajek und Friedhelm Kemp, 2., durchges. und im Anh. erw. Aufl., München 1978, Bd. 1, S. 1249–89. Die Erstdrucke der Werke sind genannt in der Lebens- und Werkchronik *Clemens Brentano (1778 – 1842) zum 150. Todestag*, hrsg. von Hartwig Schultz, Bern [u. a.] 1993, S. 251–266 (weiterführende Literatur ebd. S. 267–341). Die Erstdrucke im einzelnen verzeichnet die *Brentano-Bibliographie (Clemens Brentano. 1778 – 1842)*, hrsg. von Otto Mallon, Berlin 1926, unveränd. Nachdr. Hildesheim 1965.

I. Lyrikausgaben

In der historisch-kritischen Frankfurter Brentano-Ausgabe (FBA) (Clemens Brentano, *Sämtliche Werke und Briefe*, hist.-krit. Ausg., veranst. vom Freien Deutschen Hochstift, hrsg. von Jürgen Behrens, Konrad Feilchenfeldt, Wolfgang Frühwald, Christoph Perels und Hartwig Schultz, Bd. 1 ff., Stuttgart 1975 ff.) stehen die Lyrikbände 1–5 noch aus. Erschienen sind jedoch die *Wunderhorn*-Bände 6–9,3 sowie eine Reihe von Bänden, die – im Prosazusammenhang – auch Lyrik, besonders der Frühzeit, enthalten: *Briefe* I–III (FBA 29–31), *Godwi oder Das steinerne Bild der Mutter* (FBA 16), *Erzählungen* (FBA 19), *Dramen* I und III (FBA 12 und 14), *Die Mährchen vom Rhein* (FBA 17).

Gedichte. Hrsg. von Wolfgang Frühwald, Bernhard Gajek und Friedhelm Kemp. München: Deutscher Taschenbuch Verlag, 1977.
Werke. 2 Bde. Hrsg. von Wolfgang Frühwald und Friedhelm Kemp. München: Hanser, 1977. [Gedichte in Bd. 1.]
Werke. 4 Bde. Hrsg. von Wolfgang Frühwald, Bernhard Gajek und Friedhelm Kemp. Bd. 1: Gedichte. Romanzen vom Rosenkranz. 2., durchges. und im Anh. erw. Aufl. München: Hanser, 1978. [Umfassendste Ausgabe der Lyrik.]
Gedichte. Nach kürzlich entdeckten Handschriften und Plänen des Dichters hrsg. von Hartwig Schultz. Aschaffenburg: Paul Pattloch, 1979.

Gedichte. Erzählungen. Briefe. Hrsg. von Hans Magnus Enzensberger. Frankfurt a. M.: Insel, 1981.
Gedichte. Erzählungen, Märchen. Zürich: Manesse, ²1984.
Gedichte. Novellen, Märchen. Essen: Magnus, 1984.
Der andere Brentano. Nie veröffentlichte Gedichte. 130 Jahre Literatur-Skandal. Ausgew., transkrib., eingel. und komm. von Henning Boetius. Frankfurt a. M.: Eichborn, 1985.
Gedichte und Erzählungen. Eingel. und hrsg. von Hans-Georg Werner. Darmstadt: Wissenschaftliche Buchgesellschaft, 1986.

II. Literatur über Brentano

1. Forschungsberichte

Eine Zusammenstellung von Forschungs- und Editionsberichten gibt die Studienausgabe von 1978: Clemens Brentano, *Werke*, 4 Bde., hrsg. von Wolfgang Frühwald, Bernhard Gajek und Friedhelm Kemp, Bd. 1, 2. durchges. und im Anh. erw. Aufl., München 1978, S. 1259 f.

Frühwald, Wolfgang: Stationen der Brentano-Forschung. 1924 bis 1972. In: Deutsche Vierteljahrsschrift für Literaturwissenschaft und Geistesgeschichte 47 (1973). Sonderheft. S. 182–269.
Gajek, Bernhard: Die Brentano-Literatur 1973–1978. Ein Bericht. In: Euphorion 72 (1978) S. 439–502.
– (s. Abschn. II,2). S. 19–54.

2. Gesamtdarstellungen

Böhme, Wolfgang (Hrsg.): Lieb, Leid und Zeit. Über Clemens Brentano. Karlsruhe 1979.
Clemens Brentano. 1778–1842. Ausstellung im Freien Deutschen Hochstift – Frankfurter Goethe-Museum. 5. 11. – 31. 12. 1978. Katalog hrsg. von Detlev Lüders. Frankfurt a. M. 1978.
Clemens Brentano (1778–1842) zum 150. Todestag. Hrsg. von Hartwig Schultz. Bern [u. a.] 1993. (Memoria.)
David, Claude: Clemens Brentano. In: Die deutsche Romantik. Poetik, Formen und Motive. Hrsg. von Hans Steffen. 4. Aufl. Göttingen 1989. S. 159–179.

Enzensberger, Hans Magnus: Brentanos Poetik. München 1961. Ebd. ²1964.
– Clemens Brentano. In: Erinnerung an die Zukunft. Poesie und Poetik. Hrsg. von Dorothea Dornhof. Leipzig 1988. S. 200 bis 211.
– (Hrsg.): Requiem für eine romantische Frau. Die Geschichte von Auguste Bußmann und Clemens Brentano. Nach gedruckten und ungedruckten Quellen. Berlin 1988.
Feilchenfeldt, Konrad: Brentano-Chronik. Daten zu Leben und Werk. München/Wien 1978.
Fetzer, John F.: Clemens Brentano. Boston 1981. (Twayne's World Authors Series. 615.)
Frühwald, Wolfgang: Das Spätwerk Clemens Brentanos (1815 bis 1842). Romantik im Zeitalter der Metternich'schen Restauration. Tübingen 1977.
– Clemens Brentano. In: Deutsche Dichter der Romantik. Ihr Leben und Werk. Hrsg. von Benno von Wiese. 2., überarb. und verm. Aufl. Berlin 1983. S. 344–376.
Gajek, Bernhard: Homo poeta. Zur Kontinuität der Problematik bei Clemens Brentano. Frankfurt a. M. 1971.
Kastinger-Riley, Helene M.: Clemens Brentano. Stuttgart 1985. (Sammlung Metzler. 213.)
Lüders, Detlev (Hrsg.): Clemens Brentano. Beiträge des Kolloquiums im Freien Deutschen Hochstift 1978. Tübingen 1980.
Schultz, Hartwig (Hrsg.): Clemens Brentanos Landschaften. Beiträge des ersten Koblenzer Brentano-Kolloquiums. Koblenz 1986. [Darin: H. S.: Brentanos Landschaften. S. 47–74.]
– Der Umgang der Brentano-Geschwister (Clemens und Bettine) mit der frühromantischen Philosophie. In: Früher Idealismus und Romantik. Hrsg. von Walter Jaeschke und Helmut Holzhey. Hamburg 1990. S. 241–260.
– Clemens Brentano. In: Deutsche Dichter. Leben und Werk deutschsprachiger Autoren. Hrsg. von Gunter E. Grimm und Frank Rainer Max. Bd. 5: Romantik, Biedermeier und Vormärz. Stuttgart 1989. (Universal-Bibliothek. 8615.) S. 180–198.
– Der unbekannte Brentano. Vortrag auf der 29. Jahrestagung der Fränkischen Bibliophilengesellschaft am 8. 10. 1977 in Aschaffenburg. Frankfurt a. M. 1978.
– Einsamkeit und Liebe. In: Böhme (s. diesen Abschn.). S. 43–56. – Auch in: Zeitwende 50 (1979) S. 89–102.

Seidel, Ina: Drei Dichter der Romantik. Clemens Brentano. Bettina. Achim von Arnim. Stuttgart 1956.
Seidlin, Oskar: Brentanos Melusinen. In: Euphorion 72 (1978) S. 369–399. – Wiederabgedr. in: Seidlin, 1979 (s. diesen Abschn.). S. 120–154.
– Vom erwachenden Bewußtsein und vom Sündenfall. Brentano. Schiller. Kleist. Goethe. Stuttgart 1979.
Staiger, Emil: Der musikalische Sinn der Dichtung. Zum Kunstverständnis unserer Zeit. In: E. S.: Musik und Dichtung. 4., um einen 2. Tl. erw. Aufl. [zum Rhythmus von Brentanos Versen]. Zürich / Freiburg i. Br. 1980. S. 315–341.
Tunner, Erika: Clemens Brentano. Imagination et sentiment réligieux. 2 Bde. Paris/Lille 1977.

3. Lyrik

Brandstetter, Gabriele: Eros und Religiosität. Eine Studie zur Lyrik Clemens Brentanos. München 1986.
Feilchenfeldt, Konrad / Frühwald, Wolfgang: Clemens Brentano: Briefe und Gedichte an Emilie Linder. Ungedruckte Handschriften aus dem Nachlaß von Johannes Baptista Diel SJ. In: Jahrbuch des Freien Deutschen Hochstifts. 1976. Tübingen 1976. S. 216 bis 315.
Fetzer, John F.: Nachklänge Brentano'scher Musik in Thomas Manns »Doktor Faustus«. In: Lüders (s. Abschn. II,2). S. 33–46.
Frühwald, Wolfgang: Gedichte in der Isolation. Romantische Lyrik am Übergang von der Autonomie- zur Zweckästhetik. In: Historizität in Sprach- und Literaturwissenschaft. Vorträge und Berichte der Stuttgarter Germanistentagung 1972. In Verb. mit Hans Fromm und Karl Richter hrsg. von Walter Müller-Seidel. München 1974. S. 295–311.
– Das Spätwerk Clemens Brentanos (1815–1842). Romantik im Zeitalter der Metternich'schen Restauration. Tübingen 1977.
– Romantische Lyrik im Spannungsfeld von Esoterik und Öffentlichkeit. In: Neues Handbuch der Literaturwissenschaft. Bd. 1: Europäische Romantik I. Hrsg. von Karl Robert Mandelkow. Wiesbaden 1982.
Gajek, Bernhard: Homo poeta. Zur Kontinuität der Problematik bei Clemens Brentano. Frankfurt a. M. 1971.
Henel, Heinrich: Erfüllte Form. Brentanos Umgestaltung der europäischen Kunstpoesie. In: Jahrbuch der Deutschen Schillergesell-

schaft. Bd. 22. Stuttgart 1978. S. 442–473. – Wiederabgedr. in: H.H.: Goethezeit. Ausgewählte Aufsätze. Frankfurt a. M. 1980. S. 295–323.

– Clemens Brentanos erstarrte Musik. In: Lüders (s. Abschn. II,2). S. 74–101.

Kayser, Wolfgang: Vom Rhythmus in deutschen Gedichten. In: Dichtung und Volkstum (Euphorion) 39 (1938) S. 487–510.

Killy, Walther: Gemütserregungskunst. Clemens Brentano. In: W. K.: Wandlungen des lyrischen Bildes. Göttingen [5]1967. S. 53 bis 72.

Müller-Seidel, Walter: Brentanos naive und sentimentalische Poesie. In: Jahrbuch der Deutschen Schillergesellschaft. Bd. 18. Stuttgart 1974. S. 441–465.

– Brentanos späte Lyrik. Kontinuität und Stilwandel. In: Lüders (s. Abschn. II,2). S. 239–275.

Rölleke, Heinz: »Was die Alten schönes gesungen«. Clemens Brentanos Auffassung »frommer Volkstümlichkeit«. In: Böhme (s. Abschn. II,2). S. 11–26.

Schultz, Hartwig: Die Varianten der historisch-kritischen Wunderhornedition und der Kunstvolksliedton. In: Edition und Interpretation. Akten des deutsch-französischen Editorenkolloquiums. Berlin 1979. Hrsg. von Louis Hay und Winfried Woesler. Bern / Frankfurt a. M. 1981. (Jahrbuch für Internationale Germanistik. Reihe A. Kongreßberichte. 11.) S. 271–279.

– Vorarbeiten Clemens Brentanos zu einer Sammelausgabe seiner Werke. In: Jahrbuch des Freien Deutschen Hochstifts. 1976. Tübingen 1976. S. 316–351.

– Von Jena nach Heidelberg. Die Entfaltung von Brentanos Poetik. In: Clemens Brentano [...] zum 150. Todestag (s. Abschn. II,2). S. 11–30.

Simon, Ralf: Überlegungen zur Poetik der späten Lyrik Brentanos. In: Clemens Brentano [...] zum 150. Todestag (s. Abschn. II,2). S. 63–107.

Tunner, Erika: Sirene und Dirne. Chiffren der Dichterexistenz und der Poesie in Clemens Brentanos lyrischem Werk. In: Recherches Germaniques 9 (1979) S. 141–159.

*

Die Sekundärliteratur zu einzelnen Gedichten ist verzeichnet in: Clemens Brentano (1778–1842) zum 150. Todestag. Hrsg. von Hartwig Schultz. Bern [u. a.] 1993. (Memoria.)

Nachwort

Clemens Brentano plante in seinen Münchener Jahren zwischen 1837 und 1842 gemeinsam mit seinem Freund Johann Friedrich Böhmer eine Sammelausgabe seiner Werke. Der Frankfurter Historiker und Bibliothekar hatte ihn immer wieder dazu gedrängt und ließ die Märchen- und Romanzenmanuskripte, die ihm Brentano widerstrebend überlassen hatte, abschreiben. Bereits 1826–27 hatte er heimlich Auszüge aus den Märchen in der Zeitschrift *Iris* veröffentlicht, was den Zorn des publikationsscheuen Brentano erregt hatte. Anfang 1837 war es ihm jedoch gelungen, den Dichter für das Projekt einer größeren Edition zu gewinnen, und Brentano legt in seinem Brief vom 15. Januar 1837 bereits Einzelheiten zur Lyrik-Abteilung fest. An Böhmer schreibt er aus München:

> Sie nehmen ein ungemein rührendes Antheil an meiner armen *Poesie* [...]. – Ich besitze zwar noch einige dutzend Lieder, habe sie aber seit 30 Jahren unter so speziellen Irren und Leiden geschrieben, daß ich sie kaum zu lesen, vielweniger abzuschreiben wage [...]. Ich habe eine krankhafte Angst vor der Oeffentlichkeit. [...] Ist es aber eine fixe Idee ihrer Freundschaft, so sey ihr das Opfer gebracht. – Schreiben Sie einmahl die Titel zussammen, viel wird nicht da sein. Vielleicht könnte man auch die poetischsten Stellen aus der Gründung von Prag [einem Drama Brentanos], welche ein abgeschloßenes Bild aussprechen, ohne dramatisch zu seyn dazu nehmen, suchen Sie dieselben einmahl aus, eben so die Romanzen aus Godwi – ob die vom Rosenkranz auch? – Ich erwarte ihre Antwort! [...] Wollen Sie sich die Mühe geben *Allerlei Lieder und Trümmer von mir zussammenzustellen*, so müßen auch die besseren Lieder aus Godwi, Ponce, lustigen Musikanten gesammelt werden, St. Meinrad aus dem Wunderhorn. Im Kalathiskos v. S. Mereau steht ein Bruch-

stück von mir. Haben Sie Abschrift von dem, was ich Frau Willemer, Leberecht Guaita, ins Stammbuch schrieb. – Röschen Scharf schrieb ich ein Lied. [...] Was sie von meinen schlechten Versen etwa haben, lassen sie mir ordinair so abschreiben, daß ich hie und da etwas corrigiren kann. Ich will mit dem was ich selbst habe eben so thun, dann können wir das Lumpengesindel zussammenrücken lassen.[1]

Diese Zusage nahm Brentano rasch wieder zurück. Ein Sammelband mit Lyrik wurde zu Lebzeiten des Autors nicht veröffentlicht; lediglich das Märchen von *Gockel Hinkel und Gackeleja* erschien unter seiner Aufsicht ein Jahr nach diesem Brief im Druck. Die anderen Märchen und die zum Teil bereits für eine Sammelausgabe aufbereiteten Gedichte konnten erst aus dem Nachlaß publiziert werden. Das Testament bestimmte Guido Görres zum Herausgeber der Märchen – sie sind 1846–47 erschienen – und den Bruder Christian zum Erben des Hauptnachlasses. Gemeinsam mit seiner Frau Emilie und weiteren fachkundigen Helfern (u. a. Böhmer) bereitete Christian die *Gesammelten Schriften*, die zwei Lyrikbände (1852) und eine Briefauswahl (1855) enthalten, vor.

Die Selektion der »besseren Lieder« aus den gedruckten Werken der Frühzeit wurde den Nachlaßverwaltern überlassen. Die Abschriften, die Brentano – trotz der Abkehr von Böhmers Plänen – im Hinblick auf die Sammelausgabe doch noch hatte anfertigen lassen, konnten zwar (in den beiden ersten Bänden der *Gesammelten Schriften*) herangezogen werden, konzentrieren sich jedoch auf ungedruckte Materialien; lediglich die Lureley-Dichtung aus dem *Godwi* ließ Brentano in einer leicht veränderten Fassung noch einmal abschreiben.

1 Clemens Brentano, *Gesammelte Schriften*, hrsg. von Christian Brentano [und Emilie Brentano], Bd. 9, Frankfurt a. M. 1855, S. 352–357. Der zitierte Brief wird hier nach der Handschrift korrigiert wiedergegeben.

Es war die Münchener Witwe Anna Barbara Sendtner (1792–1840), die Brentano mit dem Kopieren beauftragt hatte.[2] Sie war bis zu ihrem Tode im Jahre 1840 für Brentano tätig, der ihre Kopien nur zu einem geringen Teil durchsah und korrigierte. Bei einigen Gedichten trug er Titel (wie *Wiegenlied eines jammernden Herzen*) nach, die bis zur Entdeckung des Abschriftenbestandes der ehemaligen Sammlung Pattloch (heute im Freien Deutschen Hochstift, Frankfurt a. M.) als Erfindungen der Herausgeber der Gesammelten Schriften galten.

Bemerkenswert an Brentanos geplanter Lyrik-Edition ist die Tatsache, daß er die radikale Absage an die Dichtung seiner Frühzeit offensichtlich aufgegeben hatte. Als Fundstellen seiner Lieder nennt er Böhmer in seinem Brief ausdrücklich die großen Werke aus der Frühzeit: den Roman *Godwi oder Das steinerne Bild der Mutter* (1801 – 02), das Drama *Ponce de Leon* (1804 erschienen), das Singspiel *Die lustigen Musikanten* (1803) und das »Bruchstück« einer Erzählung (*Der Sänger*), das in der von Sophie Mereau herausgegebenen Zeitschrift *Kalathiskos* 1801 anonym erschienen war. Ferner erwähnt er das große Werk der Heidelberger Phase, die gemeinsam mit dem Freund Achim von Arnim herausgegebene Sammlung »romantisierter Volkslieder« *Des Knaben Wunderhorn* (1806 – 08) sowie das 1814 publizierte Drama *Die Gründung Prags*.

Den Sinn für lyrische Qualität hatte Brentano demnach – trotz seiner Hinwendung zu einer religiösen Gebrauchsprosa, die sich in der Veröffentlichung der Ordensgeschichte *Die Barmherzigen Schwestern* (1826) und der Leidensgeschichte Jesu (1833) zeigte – nicht verloren. Denn in den von ihm genannten Werken finden wir lyrische Meisterwerke wie *Hör, es klagt die Flöte wieder*, *Sprich aus der Ferne*, *Ein Fischer saß im Kahne* und nicht zuletzt die

2 Zum Bestand der überlieferten Sendtner-Abschriften vgl. Hartwig Schultz, »Vorarbeiten Clemens Brentanos zu einer Sammelausgabe seiner Werke«, in: *Jahrbuch des Freien Deutschen Hochstifts*, 1976, Tübingen 1976, S. 316–351.

Keimzelle des Loreley-Kults im 19. Jahrhundert: *Zu Bacharach am Rheine.*[3] Ausgeklammert bleibt zunächst die Lyrik an die späte Freundin Emilie Linder – möglicherweise, weil er sie als zu »privat« empfand oder die noch lebende und von ihm umworbene Adressatin nicht brüskieren wollte. Vermutlich waren viele dieser Texte (ebenso wie die Dichtungen an die Schwester Bettine oder den Freund Achim von Arnim) nicht mehr in Brentanos Besitz. Was er besaß und für gut befand, ließ er abschreiben, und Anna Barbara Sendtner kopierte u. a. den an Arnim gerichteten Text *Jäger und Hirt* (»Durch den Wald mit raschen Schritten«), die Luise Hensel gewidmeten Verse *Es war einmal die Liebe* und das berühmte *Wiegenlied eines jammernden Herzen* sowie den Text für die schwesterliche Freundin Appolonia Diepenbrock *Wer ist ärmer als ein Kind* und weitere Gelegenheitslyrik wie die *Bestellte Poesie.* Trotz dieser Vorauswahl, die angesichts der zahlreichen lyrischen Einlagen des *Godwi* vage genug bleibt, kann sich eine Sammelausgabe der Lyrik jedoch nicht auf die Meisterwerke beschränken, die bei Brentano – wie bei den meisten Lyrikern – einen Bestand von nicht mehr als einem Dutzend Gedichten ausmachen dürften. Die Auswahl muß vielmehr darauf zielen, die Entwicklung des Lyrikers Brentano deutlich zu machen und Beispiele aus allen Phasen seines Lebens zu bieten.

Brentano erprobte seine dichterischen Fähigkeiten zunächst an überkommenen Mustern, als 19jähriger schrieb er einem Kommilitonen in Halle alkäische Odenstrophen ins Stammbuch, versuchte sich wenig später in Jena in freien Versen, die sich an Goethes Sturm-und-Drang-Hymnen orientierten, und nahm Ludwig Tiecks gereimte freie Kurzverse auf. Dann ließ er sich von der Stanzenwut des Schle-

3 Von den berühmten, vielinterpretierten Liedern Brentanos sucht man nur die wenig später (1838) im Märchen von *Gockel Hinkel und Gakkeleja* veröffentlichte Lyrik (wie etwa *Was reif in diesen Zeilen steht* und *Wenn der lahme Weber träumt, er webe*) und *Der Spinnerin Lied* [»Es sang vor langen Jahren«] vergebens, denn Brentano nennt die *Chronica eines fahrenden Schülers*, die 1818 in der *Sängerfahrt* erschienen war, nicht.

gel-Kreises und dessen Vorliebe für das Versmaß der Romanzen, den Trochäus, anstecken. Diese frühromantischen Muster nahm er auf, noch bevor sie im Schlegel-Kreis erprobt waren. Die Meister dieses Jenaer Zirkels – Ludwig Tieck, die Brüder Schlegel und der oft zu Besuch in Jena weilende Novalis – hatten deshalb allen Anlaß, den dichterisch unerfahrenen, übereifrigen Medizinstudenten aus dem Frankfurter Handelshaus als ›Imitator‹ der gerade konzipierten neuen Poesie, als ›Schüler‹ anzusehen, und erteilten dem gerade 21jährigen eine Lektion in Form einer Satire.[4]

Nach der Veröffentlichung des Romans *Godwi* (1801 bis 1802) wurde den Vertretern der neuen Schule jedoch rasch klar, daß hier ein *genialer* Schüler heranwuchs, der ihre Ideen zum Teil ad absurdum führte, zum Teil aber auch derart brillant ins dichterische Werk setzte, daß von bloßer Nachahmung und schulmäßiger Umsetzung kaum zu sprechen war. Sogleich erkannten die Schlegels die Lyrik des jungen Studenten als herausragende Leistung. Das zeigt die Reaktion auf den »verwilderten« Roman – wie Brentano seinen *Godwi* im Untertitel mit Anspielung auf Friedrich Schlegels *Lucinde* nannte. Das Werk als Ganzes wurde durchaus zutreffend als überzogene Umsetzung frühromantischer Vorstellungen gesehen, das Schlegels Forderung nach einem produktiven, ›willkürlichen‹ Chaos in der Kunst allzu wörtlich nahm. Friedrich Schlegel verspricht Brentano daher – wie einem ungehörigen Schüler – in seinen Widmungsversen zum *Godwi* Prügel[5]; die lyrischen

4 Tieck veröffentlichte im *Poetischen Journal* 1800 die Satire *Der neue Hercules am Scheidewege*, in der Brentano als »Bewunderer« auftritt und in Tieck-Manier (gereimten Kurzversen) Unsinn redet. Aus brieflichen Äußerungen ist erkennbar, daß Tieck damit Brentano treffen und ›bestrafen‹ wollte. Vgl. *Clemens Brentano. 1778–1842*. Ausstellung im Freien Deutschen Hochstift / Frankfurter Goethe Museum. 5. 11. bis 31. 12. 1978, Katalog hrsg. von Detlev Lüders, Frankfurt a. M. 1978, S. 31 f.

5 Das Distichon lautet: »Hundert Prügel vorn A – die wären Dir redlich zu gönnen / Fr. Schlegel bezeugts, andre Vortrefliche auch.« (Clemens Brentano, *Sämtliche Werke und Briefe*, hist.-krit. Ausg., veranst. vom

Einlagen jedoch, die alles übertreffen, was Tieck oder Schlegel je an Versen hervorgebracht haben, wurden mindestens von Caroline Schlegel als herausragend erkannt. Caroline war es auch, die als erste das Besondere dieser Liedeinlagen beschrieb. In ihrem Brief an August Wilhelm Schlegel vom 10. Dezember 1801 heißt es:

> Wenn Friedr[ich Schlegel] den verwilderten Roman Th[eil] 2 bey sich haben sollte, so mußt Du Dir ihn doch ansehn, denn es sind Romanzen darin, die ordentlich so aussehen, als wenn sie nicht eben gemacht worden wären, sondern sich vor langer Zeit selbst gemacht hätten. Gedichte, so gut wie die besten aus dieser Schule [...] die Romanzen sind gut, die muß man ihm sehr honoriren.[6]

Was Caroline Schlegel unter der irreführenden Bezeichnung »Romanze«[7] beschreibt, ist eine künstliche Volksliedlyrik, eine scheinbar alte, artifiziell mit einer Patina versehene Kunstlyrik, die wir insbesondere mit der Sammlung *Des Knaben Wunderhorn* (1806–08) – bzw. mit einigen populär gewordenen Liedern dieser Sammlung, die Brentano aus alten Quellen umgeschaffen hat – verbinden. Brentano erprobt diese Technik, Altes und Neues zu mischen[8], bereits

Freien Deutschen Hochstift, hrsg. von Jürgen Behrens, Konrad Feilchenfeldt, Wolfgang Frühwald, Christoph Perels und Hartwig Schultz, Bd. 16, Stuttgart 1978, S. 606. Diese Ausgabe, als Frankfurter Brentano-Ausgabe bekannt, wird im folgenden zitiert als FBA.)

6 *Caroline und Dorothea Schlegel in Briefen*, hrsg. von Ernst Wieneke, Weimar 1914, S. 197.

7 »Romanze« meint also hier nicht die metrische Form, wie sie heute in der Verslehre definiert wird, sondern bezeichnet ein balladeskes oder empfindsames Lied. Im Sinne von Caroline Schlegel sind die folgenden Texte im zweiten Band des *Godwi* zweifellos »Romanzen«: *Ein Fischer saß im Kahne*, *Ein Ritter an dem Rheine ritt* und *Zu Bacharach am Rheine*.

8 Vgl. dazu: Hartwig Schultz, »Von Jena nach Heidelberg. Die Entfaltung von Brentanos Poetik« in dem von mir herausgegebenen Sammelband *Clemens Brentano (1778–1842) zum 150. Todestag*, Bern [u. a.] 1993, S. 11–30.

im *Godwi*; er wird zum Meister eines raffinierten Tones, der tradierte Stoffe modernisiert und Hinzugedichtetes so geschickt einarbeitet und mit Volksliedwendungen versieht, daß sich keine Brüche ergeben und die zeitgenössischen Dichter und Kritiker – Goethe ausgenommen – sich narren ließen und die *Wunderhorn*-Lyrik dem Titel entsprechend für »alte deutsche Lieder« hielten.

Seinem Freund und Mitherausgeber Achim von Arnim wirft Brentano einmal vor, daß er diese »Assimilation« des überlieferten Materials noch nicht beherrscht. Er schreibt ihm im Februar 1808:

> [...] du dichtest und wenn du in Zug kömmst, kannst du nicht glauben, wie angst und bang mir wurde, denn in einem poetischen Fieber von 1808, nahmst du hinter einander alle Saecula vor, und gabst ihnen oft wieder willen und ohne Noth von deiner Hypocrene.[9]

Auch Brentano nimmt »alle Saecula« vor, auch er formt die Texte so um, daß sie 1808 verstanden werden und läßt dabei die eigene Hippokrene (Quelle der Inspiration) sprudeln, doch es gelingt ihm, mit großer Raffinesse einen Ton zu evozieren, der von den Lesern (auch der nachfolgenden Generation) als Ton des deutschen Volkslieds angesehen und vielfach nachgeahmt wurde. Nicht nur Eichendorff dichtete im Ton dieser *Wunderhorn*-Lyrik »Ich weiß nicht, was ich will, / Ich möcht am liebsten sterben«[10], sondern auch Heinrich Heine – politisch von Eichendorff durch einen tiefen Graben getrennt – formulierte ähnlich ambivalent und ›sentimentalisch‹: »Ich weiß nicht, was soll es

9 FBA 9,3, S. 403.
10 Eichendorffs Text *Das zerbrochene Ringlein* geht auf das *Wunderhorn*-Lied *Laß rauschen Lieb, laß rauschen* zurück (vgl. hier S. 72 mit Anm.). Diesem Text Brentanos liegen drei verschiedene Quellen zugrunde (vgl. FBA 9,2, S. 111–113). Die zitierten Verse Eichendorffs gehen auf einen Vers Brentanos zurück: »Ich weiß nicht, wie mir wird«, heißt es in der von Brentano hinzugedichteten letzten Strophe im *Wunderhorn*.

bedeuten, / Daß ich so traurig bin«. So wie Eichendorff die *Wunderhorn*-Vorlage seines Liedes *Das zerbrochene Ringlein* für ein echtes Volkslied hielt, so nannte Heine die Geschichte von der Loreley ein »uraltes Märchen«. Dabei sind beide Texte, die den Dichtern als Muster dienten, *romantische* Texte, es sind lyrische Texte Brentanos, die er mit einer künstlichen Patina versehen hat, indem er Vers, Syntax und Motive der deutschen Volksliedtradition aufnahm.

Hirsch und Reh, Jäger und Mägdlein, Ritter und Burschen, Veilchen und Klee, ›da droben auf jenem Berge‹, ›da drunten in jenem Tal‹, das Mühlrad, der Müller und seine Tochter, das Bächlein und die Linde: das sind Motive und ›Formeln‹, die aus der Volksliedtradition stammen. Die damit verbundene ambivalente Stimmung ist jedoch charakteristisch für den neuen Ton, für die neue Ästhetik der von Brentano geschaffenen Kunstvolksliedlyrik. Und so finden wir in der Lyrik des 19. Jahrhunderts seit dem *Wunderhorn* diesen Pseudovolksliedton, der dann tatsächlich auch volksläufig wurde. Es bewahrheitete sich, was Goethe in seiner *Wunderhorn*-Rezension von 1806 als Hoffnung formuliert hatte:

> Würden dann diese Lieder, nach und nach, in ihrem eigenen Ton- und Klangelemente von Ohr zu Ohr, von Mund zu Mund getragen, kehrten sie, allmälich, belebt und verherrlicht, zum Volke zurück, von dem sie zum Theil gewissermaßen ausgegangen: so könnte man sagen, das Büchlein habe seine Bestimmung erfüllt, und könne nun wieder, als geschrieben und gedruckt, verloren gehen, weil es in Leben und Bildung der Nation übergegangen.[11]

11 Goethes Rezension gilt dem ersten Band des *Wunderhorn* und erschien in der *Jenaischen Allgemeinen Literatur-Zeitung* Nr. 18 f. am 21. und 22. 1. 1806, Sp. 137–148. Goethe erkennt, daß Arnim und Brentano Gedichte veröffentlichen, »die wir seit Jahren Volkslieder zu nennen pflegen, ob sie gleich eigentlich weder vom Volk, noch fürs Volk gedichtet sind [...]. Hier ist die Kunst mit der Natur in Conflikt [...].«

Den neuen volkstümlichen Liedern ist es eigen, daß sie eine ›Stimmung‹ evozieren; sie erreichen, was die Ästhetik der Romantik erstrebt, eine Verschmelzung von Natur und lyrischem Ich, von Innen und Außen, Subjekt und Objektwelt in einer lyrisch-musikalischen Stimmung. Das heißt, die (klassisch-)romantische Stimmungslyrik – von Emil Staiger als Typ des Zeitlos-Lyrischen aufgefaßt – ist geboren und wird für die Entwicklung der deutschen Lyrik des 19. Jahrhunderts maßgeblich.

Als formales Kennzeichen gehört zu dieser Lyrik die rhythmische Glätte, die nicht ganz gleichmäßige, aber stets wellenartig schwingende Sprachrhythmik, die sich aus einem harmonischen Ineinander von Vers- und Satzrhythmus ergibt. Während das echte Volkslied ›holpert‹ und nur selten das Versmaß konfliktlos und konsequent einhält, schmiegen sich die Sätze der Volksliedpoeten des 19. Jahrhunderts klangschön den Strukturen von Volksliedvers und -strophe (die von der Metrik erst im Nachhinein als Maß des Volkslieds definiert wurden) harmonisch an. Daß es sich hierbei um eine bestimmte Vers*ästhetik* handelt[12], die bei Herder ihren Ursprung hat und durchaus nicht jedweden Vers in deutscher Sprache bestimmen muß, war den Lesern deutscher Lyrik lange Zeit nicht klar. Die Unkenrufe von Arno Holz, der diese traditionelle Versrhythmik als »Leierkasten« verhöhnte, blieben noch im späten 19. Jahrhundert ungehört, und erst die Hinweise von Bertolt Brecht auf einen gestischen, synkopierten Vers, der die natürliche Sprache verfremdet, und die Experimente mit freien Versen lassen im 20. Jahrhundert eine gewisse Distanz zur Lyrik des 19. Jahrhunderts, ihrer rhythmischen Glätte und ihrem Stimmungskult entstehen. Verse, die sich nicht anschmiegen, die künstliche Verzögerungen, Brechungen und Synkopen enthalten (wie z. B. die Odenverse des 18. Jahrhunderts oder die synkopierten und gebrochenen Verse der Mo-

12 Vgl. dazu Hartwig Schultz, *Vom Rhythmus der modernen Lyrik*, München 1970, und *Form als Inhalt*, Bonn 1981.

derne) können ganz andere Funktionen übernehmen als der einschmeichelnd-glatte, Stimmung evozierende Rhythmus, der für eine Jahrhundertspanne als ›natürlich‹, der deutschen Sprache allein angemessen galt.[13]

Brentano war der Initiator eines neuen Tons, seine Lyrik entfaltete ihre Wirkung – wie die *Wunderhorn*-Lyrik – in erster Linie über andere Dichter, die sie rezipierten: Eichendorff, Heine und vielleicht noch Rückert und Uhland. Es ist charakteristisch, daß die Loreley-Thematik Heinrich Heine bereits über einen Vermittler – nämlich Heinrich Graf von Loeben und seine Loreley-Dichtung – erreichte. Auch Eichendorff gewann seine ersten Erfahrungen im Umgang mit romantischen Vorstellungen durch intensiven Kontakt mit dem – später von ihm als »novalisierenden« Afterromantiker verspotteten – Grafen von Loeben und nahm erst danach – in extremer Weise durch die ambivalenten, narzißtischen Stimmungen Loebens und seiner Lyrik geprägt – die vermeintliche (weil ebenso »romantisierte«) Volksliedersammlung *Des Knaben Wunderhorn* zur Kenntnis. Brentanos Ton traf also so genau das Lebensgefühl der neuen Generation, daß sehr rasch eine Tradition entstand, die sich von dem ›Erfinder‹ dieses Tons ablöste. Der Brentano-Ton wurde – als vermeintlicher deutscher Volksliedton – zum dominierenden in der Lyrik des 19. Jahrhunderts.

13 Daß auch die romantischen Verse, wie sie Brentano geschaffen hat, trotz ihrer rhythmischen Glätte und Klangschönheit nicht ›natürlich‹ und schon gar nicht naiv sind, belegt nicht nur der Abstand zum echten Volkslied, sondern auch die genaue Analyse der artifiziellen Produkte Brentanos. Es waren neben Enzensberger (*Brentanos Poetik*) insbesondere Walter Müller-Seidel und Heinrich Henel, die in der jüngsten Vergangenheit im einzelnen die raffiniert und mit Kalkül eingesetzten Stilmittel Brentanos untersucht haben. Sie belegen, daß Brentanos Lyrik in der deutschen und europäischen Tradition eine epochale Bedeutung zukommt. Vgl. Walter Müller-Seidel, »Brentanos naive und sentimentalische Poesie«, in: *Jahrbuch der Deutschen Schillergesellschaft*, Bd. 18, Stuttgart 1974, S. 441–465, und Heinrich Henel, »Erfüllte Form. Brentanos Umgestaltung der europäischen Kunstpoesie«, in: *Jahrbuch der Deutschen Schillergesellschaft*, Bd. 22, Stuttgart 1978, S. 442–473. – Wiederabgedr. in: H. H., *Goethezeit. Ausgewählte Aufsätze*, Frankfurt a. M. 1980, S. 295–323.

Brentano blieb jedoch nicht auf dieser Stufe stehen. Im Zusammenhang mit seiner Rückbesinnung auf die katholische Religion, die Ergebnis einer existentiellen Krise war und sich mit Sprachskepsis, Kulturverdrossenheit und beruflicher Perspektivelosigkeit verband, wandte er sich in den Jahren 1816 bis 1818 von seiner Lyrik der Frühzeit ab. Barocke Vorbilder wie Friedrich Spee mit seiner *Trutz-Nachtigall* und seinem *Tugendbuch* – beide wurden von Brentano in Bearbeitung neu herausgegeben – und Vorlagen aus Gesangbüchern verdrängten die profane Volksliedtradition. Im *Wunderhorn* war auch diese Tradition bereits vertreten: *Es ist ein Schnitter, der heißt Tod* – das *Erntelied* im *Wunderhorn*, das Brentano auch in der späten Lyrik und im *Gockel*-Märchen verarbeitet – wird zu Recht als »katholisches Kirchenlied« bezeichnet[14]. Luthers *Ein feste Burg ist unser Gott* ist im *Wunderhorn* ebenso vertreten[15] wie die pietistisch geprägte Sammlung *Anmutiger Blumen-Krantz aus dem Garten der Gemeinde GOttes* (1712), aus dem Teile der Vorrede und nicht weniger als 21 Lieder in das *Wunderhorn* übernommen wurden.[16] Die Lyrik des 19. Jahrhunderts nahm diese religiösen Texte des *Wunderhorn* kaum wahr. Selbst bei dem vom Katholizismus tief geprägten Joseph von Eichendorff dominierte zunächst die stimmungsgeprägte (gelegentlich auch balladeske) Natur- und Liebeslyrik, der er kunstvoll einen tieferen, religiösen Sinn unterlegte; für Heine waren Kirchentöne Mißtöne, die er bei Brentano als Dienstleistungen für die katholische Propaganda abtat.

14 Zur Vorlage ermittelte Heinz Rölleke: »1697 erscheint das Lied erstmals in der 4. Auflage des Allgemeinen Gesang-Buchs« (FBA 9,1, S. 141). Vgl. die Fassung des *Godwi* (FBA 16, S. 509 f.) und die des *Wunderhorn* (FBA 6, S. 51–53) sowie hier S. 193.

15 FBA 6, S. 105–107.

16 FBA 8, S. 200–229. – Daß die Zeitgenossen ›Ipsefakten‹, Bearbeitungen und wirklich alte Texte im *Wunderhorn* nicht unterscheiden konnten, belegt das Beispiel dieser Lieder. Der *Wunderhorn*-Kritiker und Feind der Heidelberger Romantiker – Johann Heinrich Voß – hielt die angegebene Quelle für Fiktion und deutete die Texte des 18. Jahrhunderts als Verhöhnung seiner Person.

Allein Brentano nahm den Ton der Pietisten auf – verstärkt nach seiner existentiellen Krise. In einzelnen Fällen gelang es ihm auch in diesem Genre, volkstümliche Werke zu schaffen: *Die Gottesmauer* (»Eine Mauer um uns baue«) ist ein Beispiel dafür. In der Zeitung hatte er den Bericht über das »alte Mütterlein« gelesen, das Gott um eine »Mauer« bittet, um vor marodierenden Soldaten geschützt zu werden, und dann wunderbarerweise über Nacht von einer hohen Schneemauer abgeschirmt wird. Brentano besingt dieses Wunder in einem balladesken Volkslied, das rasch als Einblattdruck verbreitet wurde und zugleich als Kristallisationskern einer neupietistischen Erweckungsbewegung fungierte.

Wie stets bei Brentano ist diese Neuorientierung mit einem intensiven erotischen Erlebnis verknüpft. So wie die Entdeckung der romantischen Ideen sich unlösbar mit der Liebe zu Sophie Mereau und der Vorstellung von einer ›Poetisierung‹ (bzw. ›Romantisierung‹) des gemeinsamen Lebens verbindet, so wird die neue religiöse Lyrik zur Werbung um Luise Hensel. Werbung meint hier beides: den Versuch, das junge Mädchen als Braut zu gewinnen, und die Bemühung, die protestantische Pfarrerstochter, die im Kreis der Berliner Neupietisten um die Brüder Gerlach verkehrte, für den Katholizismus zu gewinnen, sie also zu bekehren. Die lyrische Schaffenskraft ist daher auf neue Weise mit dem Eros verbunden. Die Sehnsucht nach Liebe wird mit einer missionarischen Absicht – die zugleich viel mit Selbstmissionierung zu tun hat – auf das engste verbunden. Je mehr Bibelanspielungen seine Texte enthalten, desto erotischer sind sie. Brentanos Strophen werden zu Werbe-Gedichten, die in unmittelbarem Zusammenhang mit Heiratsanträgen bzw. deren Zurückweisung stehen, obwohl sie vordergründig nur von Gotteskindschaft sprechen und sich der Metaphorik von Bibel und Pietismus bedienen.

Wie weit diese Anspielungen auf Religion und Kirche, Bibel und Gesangbuch, die nun in der Lyrik dominierend hervortreten, ›ernst gemeint‹ sind, ist kaum zu entscheiden. Spöttisch berichtet Bettine 1824 über ihren Bruder:

[Clemens] trägt verbrämte Wundergeschichten vor, fühlt sich in seinen Verhältnissen zum Himmel so einsam wie ehmals in denen zur Welt. [...] er lügt sich selbst am meisten vor, ist überzeugt, daß er durch den Umgang mit der Nonne ein halber Prophet geworden. Alles was geschehen, will er vorher gewußt haben [...] ans Übertreiben hat er sich so gewöhnt, daß nichts wie Wunder und Wunder aus nichtsbedeutenden Dingen gemacht werden.[17]

Die innere Not und die Sehnsucht, in einer religiös fundierten Ordnung Geborgenheit zu finden, sind jedoch – insbesondere in der Phase der Hensel-Lyrik – so ausgeprägt, daß sie sich dem Leser unmittelbar mitteilen. An der Intensität von Brentanos Emotionen zu zweifeln oder ihm Scharlatanerie vorzuwerfen, wäre verfehlt.[18]

In der Phase der Werbung oder Trennung entstehen seine größten Gedichte, die vermutlich von Projektionen gespeist sind (seien sie nun primär erotischer oder primär religiöser Natur). Das heißt, die in der Phase der Sehnsucht und Werbung subjektiv ›echten‹ Gefühle lassen sich beim Wegfall des Widerstandes nicht mehr realisieren, sie fallen in sich zusammen bzw. schlagen in Haß um: »So bin ich endlich deiner los, du lüderliches Weib«, formuliert Brentano in einem drastischen Schmähgedicht gegen seine zweite Ehefrau, Auguste Bußmann, das zugleich eine Absage an die »Metze Poesie« ins dichterische Bild bringt.

17 Briefe vom 13. und 16. 8. 1824. Zit. nach: *Achim und Bettina in ihren Briefen. Briefwechsel Achim von Arnim und Bettina Brentano*, hrsg. von Werner Vordtriede, Frankfurt a. M. 1961, S. 466 und 474.

18 Psychologisch interessant ist die Frage, was geschehen wäre, wenn Luise Hensel (oder später Emilie Linder) seinen Werbungen nachgegeben und in eine Ehe (und rasche Konversion) eingewilligt hätten. Der Blick auf die beiden vollzogenen Ehen zeigt, daß Brentano den Widerstand brauchte, und Ruhe und Erfüllung, die er erhofft und erfleht hatte, auch in der ehelichen Gemeinschaft nicht finden konnte. Daraus den Schluß zu ziehen, daß er es von vornherein nicht ernst meinte, wäre jedoch falsch.

So wie Brentano Auguste Bußmann einen Pakt mit dem Teufel unterstellt – und ihr überhaupt mit seinem Schmähgedicht unrecht tut, wie Hans Magnus Enzensberger gezeigt hat[19] –, so sieht er sich und seine Partnerinnen in seinen Werbe-Gedichten in der Kindschaft Gottes. Die Sehnsucht, Geborgenheit im Glauben zu finden und die Umworbene in dieses Reich ›mitzunehmen‹, mag nicht in jedem Fall kirchenkonform sein, ist jedoch ein Ausdruck mit ganzem Herzen ersehnter Frömmigkeit. Brentano erweist sich hier als älterer ›Bruder‹ der Annette von Droste-Hülshoff: Er ringt um den Glauben, ihm gelingt die Intensität des lyrischen Meisterwerks gerade dort, wo er – aus einem tiefen Gefühl der Einsamkeit und Unfähigkeit, naiv zu glauben und zu lieben – um Erfüllung und innere Ruhe kämpft, ohne sie zu erreichen.

Eine Sehnsucht dieser Art als selbstgenüßlich-narzißtisch zu bezeichnen und als typisch »romantisch« abzutun, verkennt die innere Situation Brentanos gründlich. Sehnsucht ist hier nicht Selbstzweck, ist auch nicht krankhaft. Sie führt zurück zur Grundsituation des rational geprägten modernen Menschen, der um die Banalität aller rationalen Aufklärung weiß und deshalb eine sinnvolle Ordnung des Universums mit allen Fasern seines Wesens sucht, aber zum Schluß doch erfolglos bleibt. Die Erkenntnisse der Naturwissenschaften verstellen die Rückkehr zu einer Welt des Glaubens, lassen jedoch die elementaren Bedürfnisse nach Geborgenheit und einem übergreifenden Sinn nur um so stärker hervortreten. Brentano lebt und dichtet in dieser Spannung. Seine Wendung nach Dülmen und die ›Experimente‹ mit der stigmatisierten Nonne Anna Katharina Emmerick sind von dem Wunsch bestimmt, das ›Wunder‹ quasi experimentell nachzuweisen, die Selbstzweifel durch Einblicke in die visionäre Welt zu stillen und Grundlagen für einen neuen Glauben zu gewinnen.

19 *Requiem für eine romantische Frau. Die Geschichte von Auguste Bußmann und Clemens Brentano*, nach gedruckten und ungedruckten Quellen überliefert von Hans Magnus Enzensberger, Berlin 1988.

Die innere Spannung, die sich aus dieser Situation ergibt, wird in der Lyrik viel deutlicher als in den Erbauungsschriften über die »Nonne«, die Bettine in ihrem Brief erwähnt. Während die religiösen Werke – das große Weltepos mit den Teilen Marienleben, Leben Jesu, Leidensgeschichte und Emmerick-Biographie – hinter der Entwicklung der Epik in Deutschland und Europa zurückbleiben, erreicht Brentano mit seiner Lyrik einen Gipfelpunkt der Entwicklung. Bei ihm löst sich die romantische Sehnsucht nicht – wie bei Heinrich Heine – in einer sarkastischen Pointe auf, sondern gewinnt an existentieller Kraft und Tiefe. Die frühromantische Sehnsucht, die in ihren Gedichten den Hörer mit betörenden Sprachklängen einfängt und Religion als Kunst und Kunst als Opfer einer Schönheitsreligion versteht, verwandelt sich in eine tiefreligiöse Sehnsucht, die allerdings ebenfalls unerfüllt bleibt.

Damit schlägt die Lyrik Brentanos eine Brücke zum 20. Jahrhundert, und es ist alles andere als ein Zufall, daß Hans Magnus Enzensberger über Brentanos Lyrik promovierte und sich als Artverwandter des Vers-Artisten Brentano versteht. Mit Brentanos Absicht, seine Geliebte und alle Welt zu »bekehren« und religiöse Lyrik zu schreiben, müssen wir uns heute nicht identifizieren. Uns fasziniert das Ringen um die Überwindung der Einsamkeit, die vergebliche Sehnsucht nach Glaube, Harmonie und Liebe. Brentano »fühlt sich in seinen Verhältnissen zum Himmel so einsam wie ehmals in denen zur Welt«, hatte Bettine beobachtet. Auf dieser Grundlage kann keine Erbauungslyrik entstehen, und es überrascht nicht, daß in der Lyrik der Münchener Phase – als er um die Baseler Malerin Emilie Linder wirbt – erotische Töne dominieren, die an Heine gemahnen. »Nun streifet mein Gebieterchen / Schon ab das feine Miederchen«, das sind Zeilen, die von Heine stammen könnten und keine Spur von »katholischer Propaganda« enthalten. Religiöse Metaphorik schimmert auch in Brentanos Linder-Lyrik immer wieder durch – denn schließlich geht es *auch* um die Bekehrung der protestantischen Partnerin –, doch schleicht sich ein lockerer, zeitweise loser und oft humoristischer Unterton ein, der diese Lyrik gänzlich unbrauchbar macht für eine volkstümliche Erweckungsbewegung. Während die Emmerick-Schriften ganz diesem Ziel gewidmet sind und es zum Teil auch erreichen – Brentanos Passionsgeschichte *Das bittere Leiden unseres Herrn Jesu Christi* war sein erfolgreichstes, am weitesten verbreitetes Werk –, ist die lyrische Produktion ganz dem persönlichen Bereich vorbehalten.[20] Sie zeigt exemplarisch, daß der Lyriker Brentano nicht auf einen einzigen Ton beschränkt ist, sondern virtuos die verschiedenen Traditionen aufnimmt und noch in den dreißiger Jahren Wortkunstwerke schafft, die den Ton der Frühzeit (z. B. im Kontext des *Gockel*-Märchens) wieder aufnehmen, jedoch zugleich artistische Meisterleistungen darstellen, die in jüngster Vergangenheit immer wieder zu Interpretationen herausforderten. Das *Weberlied* (»Wenn der lahme Weber träumt, er webe«) und *Was reif in diesen Zeilen steht* gehören zu diesen Gedichten, die belegen, daß Brentano seine Schaffenskraft nicht verlor, sondern immer neue lyrische Formen erprobte. So harren viele Gedichte im Nachlaß noch der Entdeckung und interpretatorischen Erschließung.

20 Auf diese Trennung von ›öffentlichem‹ und ›privatem‹ Werk beim späten Brentano hat Wolfgang Frühwald in seiner Habilitationsschrift mit Nachdruck hingewiesen. Vgl. W. F., *Das Spätwerk Clemens Brentanos (1815–1842). Romantik im Zeitalter der Metternich'schen Restauration*, Tübingen 1977.

Gedichtüberschriften und -anfänge

Gedichtanfänge sind *kursiv* gesetzt.

Inhalt

Erzählungen und Romane der deutschen Romantik

IN RECLAMS UNIVERSAL-BIBLIOTHEK

Arnim, Achim v.: Erzählungen. 384 S. UB 1505 – Isabella von Ägypten. 143 S. UB 8894 – Die Kronenwächter. 420 S. UB 1504 – Der tolle Invalide auf dem Fort Ratonneau. Owen Tudor. 80 S. UB 197

Arnim, Bettina v.: Ein Lesebuch. 349 S. 21 Abb. UB 2690 – auch geb.

Bonaventura: Nachtwachen. Anh.: Des Teufels Taschenbuch. 188 S. UB 8926

Brentano, Clemens: Godwi. 660 S. UB 9394 – Die Geschichte vom braven Kasperl und dem schönen Annerl. 64 S. UB 411 – dazu Erläuterungen und Dokumente. 148 S. UB 8186 – Gockel und Hinkel. 112 S. UB 450

Chamisso, Adelbert v.: Peter Schlemihls wundersame Geschichte. 85 S. UB 93 – dazu Erläuterungen und Dokumente. 112 S. UB 8158

Eichendorff, Joseph v.: Ahnung und Gegenwart. 405 S. UB 8229 – Aus dem Leben eines Taugenichts. 128 S. UB 2354 – Dichter und ihre Gesellen. 312 S. UB 2351 – Das Marmorbild. Das Schloß Dürande. 94 S. UB 2365 – Sämtliche Erzählungen. 654 S. UB 2352

Fouqué, Friedrich de la Motte: Undine. 96 S. UB 491

Hoffmann, E. T. A.: Die Bergwerke zu Falun. Der Artushof. 86 S. UB 8991 – Doge und Dogaresse. 79 S. UB 464 – Die Elixiere des Teufels. 376 S. UB 192 – Das Fräulein von Scuderi. 79 S. UB 25 – dazu Erläuterungen und Dokumente. 136 S. UB 8142 – Der goldne Topf. 142 S. UB 101 – dazu

Erläuterungen und Dokumente. 160 S. UB 8157 – Kater Murr. 517 S. UB 153 – Klein Zaches genannt Zinnober. 150 S. UB 306 – dazu Erläuterungen und Dokumente. 170 S. UB 8172 – Kreisleriana. 155 S. UB 5623 – Das Majorat. 86 S. UB 32 – Meister Floh. 235 S. UB 365 – Nachtstücke. 431 S. UB 154 – Nußknacker und Mausekönig. 72 S. UB 1400 – Prinzessin Brambilla. 8 Kupfer nach Callotschen Originalblättern. 173 S. UB 7953 – Rat Krespel. Die Fermate. Don Juan. 82 S. UB 5274 – Der Sandmann. Das öde Haus. 75 S. UB 230 – dazu Erläuterungen und Dokumente. 172 S. UB 8199 – Des Vetters Eckfenster. 53 S. UB 231

Kleist, Heinrich v.: Die Marquise von O... Das Erdbeben in Chili. 80 S. UB 8002 – Michael Kohlhaas. 127 S. UB 218 – dazu Erläuterungen und Dokumente. 111 S. UB 8106 – Sämtliche Erzählungen. 333 S. UB 8232 – Die Verlobung in St. Domingo. Das Bettelweib von Locarno. Der Findling. 72 S. UB 8003 – Der Zweikampf. Die heilige Cäcilie. Sämtliche Anekdoten. Über das Marionettentheater und andere Prosa. 104 S. UB 8004

Novalis: Heinrich von Ofterdingen. 255 S. UB 8939

Schlegel, Dorothea: Florentin. 325 S. UB 8707

Schlegel, Friedrich: Lucinde. 119 S. UB 320

Tieck, Ludwig: Der blonde Eckbert. Der Runenberg. Die Elfen. 80 S. UB 7732 – zu: Der blonde Eckbert. Der Runenberg. Erläuterungen und Dokumente. 85 S. UB 8178 – Franz Sternbalds Wanderungen. Studienausg. 584 S. 16 Abb. UB 8715 – Der Hexensabbat. 336 S. UB 8478 – Des Lebens Überfluß. 80 S. UB 1925 – Liebesgeschichte der schönen Magelone und des Grafen Peter von Provence. 72 S. UB 731 – Vittoria Accorombona. 416 S. UB 9458 – William Lovell. 744 S. UB 8328

Philipp Reclam jun. Stuttgart